선
ZEN 넌
이란

ZEN

인문
교양
학교 4

선
이란

앤 밴크로프트 지음 | 박규태 옮김

평 단

프롤로그

선을 어떻게 실현할 것인가?

선禪은 삶의 진리를 직접적으로 실현하려는 불교적 방법 중의 하나다. 즉, 선은 실재實在에 대한 생생한 경험, 그리고 언어나 사고에 의해서는 이해될 수 없는 경지에 직접적으로 이르고자 하는 것이다.

선은 실재에 대해 이야기하기보다는 그 실재를 보여주어 가르치려 한다. 개념적인 세계를 깨뜨리고 나면 실재를 직접 체험할 수 있으며, 필설로 표현할 수 없는 존재 그 자체인 경이로운 것을 발견할 수 있게 된다. 선의 목적은 순수 의식의 상태에 도달하는 것이며, 이것은 자아自我가 무한한 실재와 일치될 때 비로소 가능해진다.

선禪을 배우려는 사람은 통상 네 개의 과정을 거쳐야 한다. 첫째는 좌선坐禪, 둘째는 공안公案, 셋째는 참선參禪 그리고 넷째는 사원이나 정원에서 행하는 육체적인 노동인데, 네 번째의 노동을 통해서 나머지 세 가지 수행 과정과 일상적인 삶과의 괴리를 해소할 수 있다.

선의 정신을 계승하고 발전시키기 위한 동양의 대선사들의 부단한 노력과 그들의 거친 독설은 심원한 해학과 기지를 보여준다. 선을 고찰하는 과정을 통해 사물의 본질을 찾아가는 동양사상을 현대의 브레인스토밍과도 연결해 살펴보자.

Contents

프롤로그 4

PART 1

선의 이해와 선사들

선(禪)이란 무엇인가　11

혜능(慧能)　33

임제(臨濟)　43

도겐(道元)　53

하쿠인 에카쿠(白隱慧鶴)　64

스즈키 순류(鈴木俊隆)　75

숭산(崇山)　85

숭산 선사와의 대화　92

PART 2

도판으로 이해하기 104

PART 3
주제별로 살펴보기

선사들   158

가르침   164

명상   168

산수   172

정원   180

선 활동   184

시와 붓글씨   188

유머   192

무예   204

관련 예술   210

십우도   218

참고 문헌   222

PART
1

선 의 이 해 와 선 사 들

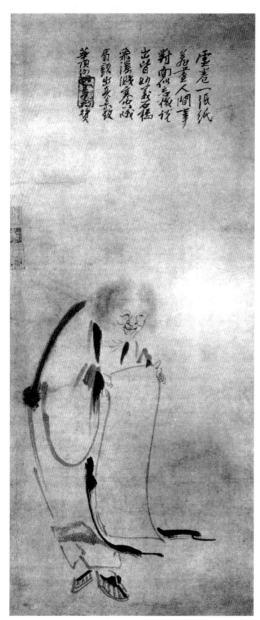

雲卷一張紙

義畫人間事

對向似含羞

出曾妙義名稱

飛澓溪兔戲

眉顔出其系致

華頂的書篇有贊

중국 당나라 때의 괴짜 선승 한산(寒山)이
경전을 펼치고 있다.

선(禪)이란 무엇인가

모든 종교는 궁극적으로 삶 자체가 성스럽고, 삶의 초월성을 완전하게 체험해야 한다는 것을 주장하고 있다. 선禪은 삶의 이러한 진리를 직접적으로 실현하려는 불교적 방법 중의 하나다. 석가의 가르침에 근거를 두고 있는 선은 '인간의 마음을 직접 가리키는 것'이라 알려져 있다. 즉, 선은 실재實在에 대한 생생한 경험, 그리고 언어나 사고에 의해서는 이해될 수 없는 경지에 직접적으로 이르고자 한다. 또 선은 바로 이 순간의 삶이 지닌 신비와 아름다움에 대해 순수한 객관성을 지니고, 완전하게 그리고 직접적으로 감지할 수 있는 독특한 인식 상태를 지향한다. 일본의 유명한 선사禪師 도겐道元은 "부처의 가르침을 배우는 것은 자신에 대해서 배우는 것이다. 자신에 대해서 배우기 위해서는 스스로를 잊어버려야 한다. 스스로를 잊어버리려면 세상에 있는 모든 것을 훤히 알아야 하며, 그러기 위해서는 먼저 스스로의 몸과 마음으로부터 자유로워져야 한다"고 말한다.

선禪은 종교적인 길이다. 그러나 선은 실재를 신학적인 용어로 설명하지 않고 일상적인 대화와 충고의 형식으로 표현한다. 운문雲門 선사는 실재에 합당하게 행동하기 위해서는, "걸을 때는 걷기만 하고, 앉아 있을 때는 앉아 있기만 할 것이며, 무엇보다도 절대로 동요하지 말라"고 말한다.

인간이 살아가면서 고민하는 '어떻게 하면 이 세상으로부터 자유로울 수 있을까'의 오래된 문제를 선은 다음과 같은 방법으로 다루고 있다. 어떤 사람이 한 선사에게 이렇게 질문했다. "우리는 매일매일 옷을 입고 음식을 먹어야만 합니다. 어떻게 하면 이러한 것들로부터 자유로울 수 있습니까?" 선사는 "우리는 옷을 입고 또 음식을 먹지요"라고 대답했다. 그러자 다시 그 사람이 "당신의 말을 이해할 수 없군요" 하고 말했더니, 선사는 "당신이 나의 말을 이해할 수 없다면 옷을 입고 음식을 먹어보시오!"라고 대답하더란다. 이 마지막 말에서 볼 수 있듯, 선에서는 일반적인 사유 방식을 거부하고 불가해한 충고의 방식을 사용한다. 여기에 논리적인 이성은 들어설 자리가 없다. 지식과 상상력 대신에 음식을 먹는 것과 옷 입는 것을 직접 그대로 체험해 볼 것을 요구한다.

선禪은 경직되어버린 일상적인 사유 방식과 개념에 얽매이는 대신 모순과 역설의 방법을 선호한다. 위대한 선사 중의 한 사람인 조주趙州에게 어떤 사람이 "가난에 허덕이는 사람이 당신에게 찾아온다면 당신은 그에게 무엇을 주시겠습니까?"라고 묻자, 그는 "가난에 허덕이는 사람에게 부족한 것은 무엇입니까?"라고 되물었다. 그리고 또 언젠가 "어떤 사람이 빈손으로 당신에게 찾아온다면 당신은 그에게 무어라고 말하겠습니까?" 하고 묻자, 조주는 "그것을 집어던져라!"고 대답했다. 일반적인 상식으로는 이러한 대화의 내용을 전혀 종잡을 수 없으나, 선이 깨우치고자 하는 본성은 '무소유無所有도 소유로 간주하는' 이 선사의 태도를 이해할 수 있게 한다. 역설은 종교적 진리를 표현하는 잘 알려진 방법 중의 하나다. 예를 들어 예수가 들려준 금화의 비유에 나오는 주인은 "누구든지 있는 사람은 더 받겠고 없는 사람은 있는 것마저 빼앗길 것이다"누가복음 19:26라고 말하고 있다. 선에서도 역시 추상적인 표현보다는 구체적인 표현을 사용한다. 예를 들어서 다음과 같이 말하고 있다.

나는 빈손으로 간다. 허나 나의 손에는 삽이 있노라.

나는 걸어서 간다. 허나 나는 소를 타고 가노라.

내가 다리를 건너갈 때

오호라! 물이 흐르는 것이 아니라, 다리가 흘러가느니라.

역설 또한 당혹스럽기는 하지만 진리를 보여주기 위해서 긍정과 부정 모두를 이용하지 않는 선禪의 방법은 더욱 당혹스럽다. 운문 선사는 "선에는 절대적인 자유가 있다. 때에 따라서 어느 경우에는 부정을 하고, 어느 경우에는 긍정을 할 수 있다"고 말했다. 중국의 선사들은 죽비^{竹篦}라는 조그만 막대기를 들고 다녔다고 한다. 10세기의 유명한 한 선사는 갈라진 죽비를 들고 다녔다. 그에게 승려들이 찾아오면 그는 죽비를 그 승려의 목에 들이대고 "어떤 놈이 너를 집 없는 중으로 만들었는가? 어떤 놈이 너를 떠돌이로 만들었는가? 네가 대답을 하건 못하건 너는 이 죽비에 죽어야만 한다. 말해봐, 말해봐! 어서 빨리!" 하며 다그쳤다고 한다. 이와 같이 "말해봐, 말해봐!"라는 말을 많은 선사들이 쓰고 있는데, 이것 역시 인간의 본성을 깨우치는 수단이라고 할 수 있다. 현대인들은 대부분 다른 사람들이 기대하는 대로 행동하면서 '인성^{Personality, 人性}'에는 어떤 부수적인 특징들이 있는 것처럼 생각하고 있다. 그러나 우리가 부수적으로 지니고 있는 속성으로는 이와 같이 강압적이고 단호한 "말해봐, 말해봐!"라는 다그침에 대처할 수가 없다. 이때는 오직 참된 인간만이 살아남을 수가 있다. 이처럼 선은 합리화하고, 이해하고, 철학화하려는 모든 시도를 거부한다. 또한 선은 이렇게 지적^{知的}으로 이해하려는 시도를 '달을 가리키는 손가락'에 비유한다. 손가락이 달을 가리키고 있는 바로 그 순간에도 달은 움직이고 있다는 것이다.

선^禪은 또 거적이나 말똥같이 하찮은 것들도 모두 성스럽게 여기며, 삶의 여러 측면들을 구분해서 그것들 중에서 어느 하나에 더 많은 비중을 두는 태도를 지양한다. 왜냐하면 이러한 태도는 실재와는 상관없이 이원론에 빠지고 말기 때문이다. 유명한 선시禪詩 중에 다음과 같은 것이 있다.

완전한 길道은 어려움을 모르며
아무것에도 차등을 두지 않는다.
오직 증오와 사랑으로부터 자유로울 때에만
그 길은 모습을 드러낸다.
손톱만큼의 차이로
하늘과 땅은 분리되어 있다.
만일 당신이 스스로 완전한 도를 보기 원한다면
그에 관해 이러쿵저러쿵 고정관념을 갖지 말라.

6세기경에 인도의 유명한 승려인 달마대사가 중국으로 건너와 선禪을 가르치고 선의 개조開祖가 되었다. 그가 중국에 왔을 때, 불교 신도였던 무제武帝가 한창 절을 세우고 불경을 번역하고 많은 사람을 승려로 만들었다. 무제는 달마대사에게 자신이 그와 같은 불사佛事를 행했는데 어떤 공덕功德을 쌓을 수 있겠느냐고 물었다. 이때 달마대사는 무제에게 "그러한 일을 행한다고 해서 공덕이 쌓이는 게 아니옵니다. 진정한 공덕은 마음에서 직접 생기는 것으로 세속적인 업적과는 무관한 것이옵니다"라고 단호하게 대답했다. "그렇다면 대저 불교佛教란 무엇이란 말이오?"라고 무제가 되묻자, 달마대사는 "불교는 무無이옵니다. 종교에는 성스러운 구석이라고는 없지요"라고 대답했다.

이러한 답변은 부처를 존경한다고 말했던 어느 승려에게 가했던 꾸중과 일맥상통한다 하겠다. 그 승려는 입을 깨끗이 씻고 다시는 그와 같은 더러운 말을 하지 말라는 말을 들었다.

선사禪師들은 '성聖' 또는 '부처'와 같은 용어들은 하나의 함정이며, 실은 이 용어들은 마음속에만 존재하는 개념을 지칭한다고 생각한다. 선사들은 자신들이 성스럽다거나 또는 존경을 받아야만 한다는 관념을 비웃고 있기 때문에 종종 서로를 비대한 노인 또는 깡마른 노인 등으로 묘사하며, 경우에 따라서는 '쌀자루'나 '가마솥 안에 든 눈덩이'로 비유한다. 이들은 해탈이라느니 불교라느니 또는 니르바나라느니 하는 개념적인 진술들을 가지고 서로 수작을 하며 고의적으로 함정에 빠뜨리곤 한다. 그리고 나서는 상대방이 그 함정을 발견하거나 피하면 박장대소하기도 한다.

선禪은 실재에 대해 이야기하기보다는 그 실재를 보여주어 가르치려 한다. 이 방법은 경건하기보다는 오히려 진지하게 이루어진다. 선의 가르침을 제대로 이해하려면 우리는 모든 것을 언어로 표현하려는 일상적인 태도에 주목해야 한다. 언어는 물론 필요하다. 하지만 언어를 너무 믿다 보면 사고나 언어가 있기 이전에 실제로 존재하는 것의 직접적이고 강렬한 충격을 단순히 간접적인 지식의 세계로 대체하는 오류를 범하게 된다. 우리는 매 순간마다 올바른 언어를 사용하면서도 결코 실재를 직접적으로 체험하지 못하며 한세상 살아갈 수도 있다. 선의 핵심적인 방법은 세계를 개념화하려는 일상적인 태도가 특정 목적을 위해서는 유용하나, 이러한 태도는 실체實體를 놓치게 한다는 사실을 보여준다. 개념적인 세계를 깨뜨리고 나면 실재를 직접 체험할 수 있으며, 필설로 표현할 수 없는 존재 그 자체인 경이로운 것을 발견할 수 있게 된다.

일반적으로 석가모니를 선禪의 창시자로 생각한다. 석가가 영취산靈鷲山에서 1,200명의 추종자에게 설법을 하던 어느 날 아침, 그는 한동안 침묵하며 가만히 앉아 있었다. 시간이 한참 흐른 뒤 그가 마침내 꽃 한 송이를 치켜들었다. 아무도 석가모니의 이러한 행동을 이해하지 못했으나, 오직 한 사람만이 '어떠한 언어라도 살아 있는 꽃을 대신할 수 없다'는 사실을 깨닫고 살포시 웃었다. 이때 석가모니는 "여기에 진정한 도道가 있다. 이것을 그대들에게 전하노라" 하며 말했다. 이와 같이 그는 존재에 대한 지금 이곳에서의 직접적인 체험이 심원한 신비적 통찰력임을 강조했다.

　불교가 중국에 들어왔을 때 불교는 아직 인도의 문화적인 요소를 상당히 지니고 있었다. 석가는 기원전 6세기 인도의 왕자였다. 그리고 인도의 종교는 항상 온갖 상반되는 것들을 넘어 우주의 절대적인 실재를 추구한다. 일상적인 생활 속에서는 삶과 죽음, 밤과 낮, 기쁨과 고통, 빛과 어둠 등과 같이 모든 사물과 경험은 상반되는 것들을 지니고 있다. 그러나 힌두교에서 실재는 상반되는 것을 지니지 않으며 비非이원적이다. 그리고 인간은 실재와 합일이 되면 고통과 죽음으로부터 자유로워진다. 힌두교의 경전인 《우파니샤드Upanisad》에서는 이 실재를 브라만Brahman이라고 부른다. 스스로를 나타내는 본질적인 '존재'인 브라만과 합일이 되지 않으면 무지無智와 고통이 따르게 마련이다. 따라서 브라만과의 합일이 진정한 해탈이며, 이것이 바로 초월적인 행복이다. 초월적인 행복은 상반되는 것을 지니지 않으므로 결코 사라지지 않는다.

　초기의 인도 불교 역시 '하나의 실재'를 추구하기는 했지만 종교적인 방법이라기보다는 심리적인 방법을 사용했다. 석가는 실재에 대한 철학적인 사색은 실재에 대한 즉각적이고 직접적인 체험에 장애가 되며, 이러한 체험은 세속적인 욕심을 버릴 때에 비로소 얻을 수 있다고 생각했다. 후에 대승불교(선은 대승불교가 낳은 열매 중의 하나다)는 어느 정도 철학적인 전통으로 돌아갔다. 그러나 대승불교는 실재를 새롭게 이해했다. 이것은 석가의 가르침에 원래 있었던 것인데, 초기의 불교인들이 터득하지 못했던 것이다. 대승불교는 '모든 것이 실재'라고 하는 관념이 실상은 함축적으로 '모든 것'을 그 실재에 대립하고 있다고 생각하여 소위 합일을 하고자 노력했다. 실재實在와 모든 것은 이미 합일의 상태에 있다. 그리고 관념상 또는 감정상으로 합일을 추구하는 것은 실재가 이미 존재하고 있음을 깨닫고 있지 못함을 뜻한다. 관념상으로는 이들을 분리할 수도 있다. 그러나 실제로는 분리될 수 없다. 니르바나(실재의 상태)는 곧 삼사라(일상적인 삶의 상태)이므로 일자一者, 브라만, 또는 신神이라는 용어를 사용하는 것은 적절치 않다.

　최근 예수회 신부 윌리엄 존스턴William Johnston은 일본에 있는 어느 선원禪院에서 수련을 하고 난 후, 《기독교와 선Christian Zen》이라는 책에서 이 점을 분명하게 밝히고 있다. 그는 한동안 참선을 하고 나면 다리가 몹시 아팠다고 술회한다. 선사는 그에게 조언을 하고 나서 그의 참선 방법에 대해서 물었다. 그러자 존스턴은 말과 상념들을 모두 끊고 조용히 신神 앞에 앉아 있었다고 대답했다. 선사가 그에게 그의 신은 어디에든 다 편재遍在하느냐고 묻자, 그는 그렇다고 대답했다. 다시 선사가 그에게 그럼 신의 존재를 느낄 수 있느냐고 물었을 때 그는 역시 그렇다고 대답했다. 그러자 선사는 "좋습니다. 그 방법을 계속해서 행하십시오. 그러면 당신은 신이 사라지고 오직 당신만이 남아 있다는 것을 알게 될 것입니다"라고 말했다. 존스턴은 선사의 말을 듣고 대단히 놀랐다. 이 말은 그가 지금까지 성스럽게 여겨왔던 모든 것을 부정하고 있기 때문이다. 따라서 그는 이 말에 이의를 제기하기 위해 미소를 지으면서 "신은 결코 사라지지 않습니다. 다시 말해서 존스턴은 사라질지 모르지만 신神은 남아 있습니다"라고 말했다. 그러자 역시 선사도 웃으면서 "그렇습니다. 바로 그렇습니다. 내가 말하고자 하는 것도 바로 그것입니다"라고 대답했다.

이와 같이 대승불교에서 인간은 실재에 있어서 신과 분리될 수 없다. 그리고 인간과 행위, 에너지와 질량, 생명과 생물체도 분리될 수 없다. 만약 우리가 이것들을 관념적으로 분리하여 이러한 관념들이 진리라고 믿는다면 우리는 지적, 도덕적 그리고 정신적으로 고통을 받게 될 것이다. 그렇다면 우리는 실재를 어떻게 이해할 수 있을까?

실재에 대해서 말할 때 대승불교는 '진여眞如' 또는 '공空'이라는 용어를 사용한다. 이는 단순히 비어 있다는 뜻이 아니라 무시간적이며 역동적으로 살아 있는 공空으로서 그 본질은 결코 이해할 수 없음을 뜻한다. 삶의 '진면목眞面'은 생각될 수 있는 것이 아니라 느껴지는 것이며, 이것을 이해할 때 비로소 공空의 본질을 깨닫게 된다. 이같이 욕망으로부터 자유로울 수 있는 불가해한 상태는 정신적이며 심리적인 것이다.

이렇게 복잡한 과정을 거친 불교는 1세기를 전후해서 중국으로 전래되었고, 그곳에서 노자老子(기원전 6세기)와 장자莊子(기원전 3세기)에 의해서 성립된 도교道敎의 영향을 받았다. 도교에서 실재는 도道라는 개념으로 지칭되는데, 이 도는 브라만이나 공空보다도 한층 더 실천적이며 역동적인 개념이다. 도는 바람이나 물과 같이 계속해서 움직이는 힘으로 느껴지는 삶이다.

때에 따라서 이것은 사리事理라고 불리기도 하는데 도道와 조화를 이룬 사람을 덕德이 있는 사람이라고 한다. 도를 실현하는 방법을 무위無爲라고 하는데, 이것은 불교의 해탈과 매우 유사한 개념이다. 불교에서와 마찬가지로 도교에서는 모든 악행과 고통은 자기 자신을 도道에서 분리된 것으로 믿을 때, 그리고 독단을 일삼거나 또는 고정된 관념이나 개념을 지니고 삶을 영위해나가고자 할 때 생겨난다고 생각한다. 인간이 완전한 삶과 일치되거나 또는 자기 독단으로부터 벗어나 애써 스스로의 삶을 이해하고자 노력하지 않을 때에야 비로소 도는 인간 안에서 자유롭게 작용할 수 있다. 다시 말해서, 인간의 삶은 스스로의 자아에 의해서가 아니라 도에 의해 영위된다는 것이다.

　인도의 불교는 인간의 정체가 브라만과 동일할 뿐만 아니라 니르바나와 삼사라, 즉 실재와 현상이 근본적으로 일치함을 깨닫는 것을 목적으로 한다. 한편, 중국 불교는 도道와의 조화를 주요 목적으로 한다. 인도 불교의 궁극적인 목표는 윤회의 과정으로부터 벗어나 순수 의식을 유지하는 것이다. 그러나 중국 불교는 일상적인 의식을 넘어서려고 하지는 않는다. 바로 지금 이곳에서 도와 일치해야 한다고 여겼으며, 이 점을 알고 있기만 하면 사람이나 사물에 대해 가지는 일상적인 의식은 도의 작용을 따르게 된다는 것이다. 대승불교가 처음 중국에 들어왔을 때는 일상적인 세계를 거부하려는 인도적인 요소를 어느 정도 지니고 있었다. 그러나 후에 도교의 영향을 받으면서 중국의 대승불교는 세계를 거부하는 종교로부터 세계를 변혁시키는 종교로 탈바꿈하게 되었다.

　이와 같이 선불교禪佛敎는 삶의 본질적인 실재가 모든 집착에서 벗어날 때 이해될 수 있다는 힌두교와 불교와 삶을 방임放任해둘 때 도道와의 조화를 실현시킬 수 있다는 도교가 함께 합해져서 이루어진 종교라고 할 수 있다. 이를 실현하기 위한 주된 방법으로써 전통적인 불교의 수행법이 차용되었으며, 그 수행법의 이름을 따라서 선종禪宗

이라는 명칭이 생겨났다. 선禪이라는 용어는 중국어 찬參, Chan의 일본어 역이며, 찬參은 인도어 디야나Dhyana의 중국어 역이다. 이 용어들은 모두 '현재의 바로 이 순간을 진지하고 분명하게 살아야 한다'는 명상법을 의미한다.

초기 경전에서 석가는 "보이는 것에는 보이는 것이 있어야 하고, 들리는 것에는 들리는 것이 있어야 하고, 생각되는 것에는 생각되는 것이 있어야 하며, 느껴지는 것(냄새, 맛 또는 촉감)에는 느껴지는 것이 있어야 한다"고 말하고 있다. 수 세기 뒤에 일본과 중국의 선사禪師들도 이와 비슷한 말을 했다. 가르침을 요청받을 때 선사들은 종종 "그대가 나에게 차 한 잔을 권하면 내가 그것을 마시지 않겠나? 그대가 나에게 절을 하면 나도 그대에게 절을 하지 않겠는가? 나는 항상 그대를 가르치고자 노력해오지 않았는가? 그대가 만일 보기를 원한다면 그것을 똑바로 쳐다보라. 만약 그대가 그것에 관해서 단지 생각만 하고자 한다면 그런 태도는 완전히 잘못된 것이다"라고 대답한다.

선禪의 목적은 순수 의식의 상태에 도달하는 것이며, 이것은 자아自我가 무한한 실재와 일치될 때 비로소 가능해진다. '깨달음覺'이라고 하는 이러한 체험은 《능가경楞伽經》(대승경전의 하나)에 의하면, '고귀한 지혜'가 자체의 본성을 깨닫는 의식의 상태다. 《능가경》은 이 상태를 '완전한 지식'이라는 용어로 표현하고 있다.

이것은 분석과 논리에 의한 일상적인 이해로서가 아니라 직접적인 관조를 통해 사물의 본성을 바라보는 것을 의미한다. 실천적인 면에서 이것은 혼동투성이의 이원론적인 사고방식에 의해 가려져 있던 전혀 새롭고 변화된 세계를 보여주고자 한다. 모든 모순은 '깨달음'에 의해서 기적적으로 해소된다. 그리고 이러한 체험은 단순히 심리적인 통찰력이나 황홀감이 아닌 전인격全人格적인 체험이다. '깨달음'은 인격을 전체적으로 재평가한다. 그리고 무엇보다도 중요한 것은 '깨달음'에 의해서 삶이 더 넓고 더 깊게 이해되며, 사소한 사건이나 과제도 새로운 의미를 얻게 된다는 점이다. 인간은 의식이 생겨날 때부터 자기 자신이나 외적인 상황에 대해 개념을 통한 방식으로 반응하기 마련이다. 그러나 '깨달음'을 체험하는 것은 이와 같은 조건의 틀을 일순에 없애버리는 것이다.

깨달음을 체험하는 것의 성스러운 성격—체험 속에서 세계의 빛은 지난날과 달리 새롭게 비춘다—은 주객체의 일상적인 이원론을 새로운 존재의 차원으로 변형시킨다. 그 체험이 지속되는 동안 '자아'는 소모되어버린다. 바로 이러한 상태야말로 모든 종교의 신비주의자들이 묘사하고자 했던, 마음이 텅 비고 가난한 상태라 할 것인즉, 이러한 상태에 도달한다는 것은 자신의 진정한 존재 의미를 알

수 있고, 삶의 흐름 속에서 자신의 진정한 위치를 찾으며, 자신을 존재하는 모든 것들과 일치시키며, 그것들을 사랑할 수 있게 된다는 것을 의미한다.

'깨달음^覺'은 선^禪의 핵심이다. 이것은 첫 단계이며 마지막 단계이고, 시작이자 목표다. 왜냐하면 '깨달음'을 달성하는 것은 마음 본래의 상태를 체험하는 것이고, 이것으로부터 모든 선한 행위가 생겨나며 조화로운 삶을 인식하게 되기 때문이다. 이러한 상태에 도달하게 되면 사심^{私心} 없이 다른 사람들과 관계를 맺을 수 있으며, 진정한 의미에서 인간적이게 된다. 이러한 상태에 완전하게 도달하려면 오랜 시간이 걸릴 수도 있다. 따라서 이것은 마지막 단계이자 동시에 첫 단계로서 간주된다. '깨달음'은 징 소리를 내는 막대기로서 무지^{無智}의 침묵을 깨뜨리기 때문이다. 자기 자신에 대해서 이러한 전환점을 체험한 사람들은 삶을 사심 없이 신비스럽게 바라보게 된다.

> 무^無를 쥔 자는 형체가 없으니
> 꽃들은 환상이어라.
> 그러니 그를 대담하게 들여보낼진저.
> – 임제종^{臨濟宗}사찰의 대문에 새겨져 있는 글귀

'깨달음'에 대한 기술記述은 각종 문헌에 다양하게 나타난다. 16세기 중국의 선사禪師인 한산寒山은 해탈한 사람의 몸과 마음은 전혀 존재하지 않으며, 차라리 절대적인 공空에 가깝다고 말한다. 그는 자기 자신의 체험을 다음과 같이 이야기하고 있다. "나는 산책을 하고 있었다. 그때 갑자기 나의 몸과 마음이 존재하지 않는다는 것을 깨닫고 걸음을 멈추었다. 내가 볼 수 있는 것은 어디든지 편재하며, 완전하고 투명하며 고요한, 위대하게 빛나는 하나의 전체뿐이었다. 이것은 지상의 모든 산과 강을 투사할 수 있는 거대한 거울 같았다. 나는 마치 나의 몸과 마음이 전혀 존재하지 않는 것처럼 맑고 투명하게 느낄 수 있었다."

'깨달음'에 대한 현대 서구인의 설명은 다소 자신을 의식하고 있는 듯하지만 그러면서도 환희에 차 있는 분위기를 보여준다. 캐나다의 한 부인은 "보슬비나 산들바람과 같이 하찮은 날씨의 변화도 내게는 경이롭고 아름다운 기적처럼 느껴져요. 내가 할 일은 전혀 없어요. 단지 존재하는 것 자체만이 내 행위의 전부예요"라고 표현하고 있다. 한편 한 영국인 교사는 "나는 정원에서 검은 지빠귀 한 마리를 보았는데 그때 나는 생전 처음으로 지빠귀를 보는 것 같은 생각이 들었다. 나의 내적인 고뇌는 모두 사라지고 형언할 수 없는 평화로운 기분을 느낄 수 있었다. 나는 주위에 있는 모든 것과 일치되어 있음을 느꼈고 다른 사람들을 비판 없이 바라보게 되었으니, 그들 각자를 나름대로 완전한 인간으로 볼 수 있게 되었다"고 기술하고 있다.

　석가는 자아에 대한 집착, 그리고 자아에 대한 감정과 관념에 사로잡히면 공포, 근심, 고통 등이 생기게 된다고 가르쳤다. 선은 욕망과 증오, 꿈과 동경, 공포와 분노가 뒤엉킨 상태로부터 자유로워지는 방법을 가르쳐준다. 무엇보다도 선은 우리의 습관적인 관념을 파기해버릴 것을 주장한다. 제자가 선사에게 가르침에 관하여 질문을 하면 선사는 대개 "에끼, 이놈!" 하고 버럭 소리를 지른다. 선사는 제자가 실재 대신에 개념 안에서 살고 있다고 생각하기 때문이다. 어떤 승려가 조주趙州에게 "육체가 산산조각이 나서 먼지가 되고 나면, 하나의 영원한 것이 남게 된다는 이야기를 하셨는데, 이러한 영원한 것이 도대체 어디에 존재하는 것입니까?"라고 진지하게 묻자, 조주는 "오늘 아침에도 바람이 거세게 부는구나"라고 대답했다고 한다.

　선禪은 신학神學과 신조信條 및 교리 등을 결코 중요하게 여기지 않는다. 그러나 선은 일반적인 불교의 경전뿐만 아니라, 선법禪法에 대한 선사와 제자 사이의 대화를 수록한 나름대로의 경전을 가지고 있다. 선은 또한 불교의 이미지佛像나 상징, 또는 일반적인 의식儀式을 수용하기도 한다. 그러나 실재란 어떤 개념으로도 정의될 수 없다고 생각하기 때문에 선은 경전이 그저 길을 제시해주는 것 이외의 어떤 역할도 할 수 없다고 강력하게 주장한다. 따라서 어떤 선사는 제자들에게 경전을 찢어버리라고 말하기도 한다. 선은 잘 다듬어진 설명에 전혀 관심이 없다. 예를 들면 선사는 제자들에게 '사과'에 관해서 말하지 말고 사과를 직접 먹어볼 것을 가르친다.

선禪을 배우려는 사람은 통상 네 개의 과정을 거쳐야 한다. 첫째는 '좌선坐禪'(두 다리를 포개 가부좌를 하고, 사리분별을 끊어 정신을 집중하여 무념무상의 경지에 들어가는 수행 방법), 둘째는 '공안公案'(깨달음을 구하기 위해 참선하는 수행자에게 제시되는 과제로, 파격적인 문답 또는 언행), 셋째는 '참선參禪'(선사에게 나아가 선도를 배워 닦거나, 스스로 선법을 닦아 구함) 그리고 넷째는 '사원이나 정원에서 행하는 육체적인 노동'이 그것이다. 마지막의 노동을 통해서 앞의 세 가지 수행 과정과 일상적인 삶과의 괴리를 해소할 수 있다.

엄격하게 말해, 선禪은 실재에 도달하는 어떤 방법도 인정하지 않는다. 왜냐하면 이러한 방법들은 이미 존재하는 것을 이해하려는 자의식적인 시도이며, '뱀을 밟는 행위'와 유사하다고 여겨지기 때문이다. 한편 '좌선坐禪'은 수 세기 동안 성공적인(혹자는 필연적이라 말하기도 한다) 원리로 인정받았으며, 이를 통해 사람들은 자유롭고 느긋하면서도 동시에 집중적인 주의력으로 마음을 가라앉힐 수 있게 된다.

좌선을 할 때 수행자는 가부좌를 틀고 앉아서 천천히 호흡을 가다 듬으며(때로는 호흡을 세는 방법이 사용되기도 한다) 온갖 상념으로부터 자유롭고 마음이 차분해지도록 한다. 명상 중에 수행자는 여러 생각들이 하늘에 흐르는 구름처럼 그의 머리를 넘나들게 방임함으로써 그런 생각들에 집착하거나 몰아낼 필요가 없다. 또 어떤 때는 선사가 던져주는 공안公案을 받아서 그것이 마치 잔잔한 호수에 던져진 돌멩 이처럼 수행자의 마음에 떨어지게 한다. 그러면 그것이 수행자에게 작용하고 영향을 미치게 된다. 예부터 지금까지 사용되고 있는 몇몇 공안들은 다음과 같다.

하쿠인은 "한 손으로만 손뼉을 치면 무슨 소리가 날까?"라고 했으 며, 운문雲門은 "보라! 이 세계는 광활하다. 그대는 어찌하여 종소리가 들려올 때 승복을 입고 있는가?"라고 말했다. 게탄 선사는 한 승려에 게 물었다. "어떤 사람이 바퀴에 수백 개의 살이 달린 마차를 만들었 다. 앞뒤 바퀴와 축을 빼버려라. 자! 어찌 되겠느냐?"

제자들은 일주일 또는 한 달에 한 번씩 선사와 개인적인 면담(참 선)을 한다. 이때 선사는 제자에게 자기가 내어준 공안을 어떻게 이해 했는지 보여줄 것을 요구한다. 그러면 제자는 언어를 사용하든 하지 않든 간에 별다른 설명 없이 자신이 이해한 바를 보여주어야 한다. 왜냐하면 선사가 요구하는 것은 공안에 대한 직접적인 가리킴이기 때문이다. 선사는 대개 늘 똑같이 대답하는데, 때로는 평범한 말로, 때로는 그의 죽비로 철썩 때리기도 하고, 또는 고함을 지르거나 묵묵부답하기도 한다. 제자가 긴장한 나머지 대답을 하지 못하면 날카로운 직관력을 지닌 선사는 팔꿈치로 제자를 찌르든가 하여 마음의 장애물을 깨뜨려주기도 한다.

이와 같은 과정은 전적으로 선사의 재량에 달려 있으므로 결국 선의 역사란 이러한 선사들에 관한 기록이라 할 수 있다. 중국의 한 선사는 "스승과 같은 도량의 통찰력을 가진 제자는 스승이 지닌 능력을 절반밖에 따라가지 못한다. 스승을 능가하는 통찰력을 지닌 제자만이 후계자가 될 가치가 있다. 이것이 바로 선禪의 철칙이다"라고 말하고 있다. 일본 근대의 선사인 '소케이안(1882~1945)'도 다음과 같이 말한다.

만일 자기보다 못한 제자에게 달마法, Dharma를 전해주면 그 달마는 오백 년 이내에 사라질 것이다. 만일 스승이 자기만 한 제자를 선택한다면 불교는 우리가 지켜보는 동안에 쇠퇴할 것이다. 선방禪房에서 우리는 스승에게 발전하는 모습을 보여주어야만 한다. 우리는 스승에게 그가 갖고 있지 않은 어떤 것을 우리가 지니고 있음을 보여주어야만 하며, 마침내 스승을 쓰러뜨려야만 한다. 그래야 스승은 기꺼이 우리에게 달마를 전수해줄 것이다. 그것은 결코 이른바 '사랑' 때문도 아니고, 또는 '그대가 내게 참으로 지극했기 때문'도 아니다. 달마의 전수는 하나의 챔피언 쟁탈전과 같다. 제자는 스승을 넘어뜨려야만 하고 자신이 새롭게 깨닫고 알게 된 것을 스승에게 보여주어야만 한다.

암컷 솔개가 수컷과 교미하기 전에 암컷은 자기를 원하는 수컷과 함께 사흘 동안 하늘을 날아다닌다. 암컷을 능가할 수 있는 수컷만이 그 암컷을 소유할 수 있게 된다. 선사는 곧 암컷 솔개와 같으며 이때 제자는 수컷에 비할 수 있다. 이 법칙을 잊어서는 안 된다.

선사로부터 제자에게 전수되는 '깨달음^覺의 이해' 방식은 중국에서 시작되어 한국과 베트남, 그리고 일본을 거치면서 위와 같은 형태로 이어져 내려왔다. 중국 여성들의 선 수련에 관해서는 거의 알려져 있지 않지만 일본 여성의 경우 도케이지 선원^{禪院}에서 수련했다고 하는데, 그 최초의 스승은 13세기의 비구니였던 시도다. 그 밖에 엔카쿠지 승원^{僧院}에서도 여성들의 수련이 허용되었는데, 단 미혼이거나 또는 문지기가 묻는 시험에 통과해야 한다거나 하는 엄격한 조건하에서만 가능했다. 비구니들은 그들 자신의 공안을 만들어 풀었는데, 이 가운데 스승에게 나아가기 전에 입고 있던 옷을 모조리 벗어던졌던 여승 미오테이의 한밤중의 면담의 예가 특히 유명하다. 그때 생긴 공안이 "한밤중에 면담을 하기 위해 발가벗고 온 미오테이의 진정한 의도는 무엇인가?"였다.

다음의 내용들은 전통적으로 가장 대표적인 선사 여섯 명의 선禪 수련에 대해 기술한 것이다. 또한 제자와 선에 관해 대화를 나누는 숭산 선사의 기록도 적혀 있다.

혜능(慧能) 중국 당나라의 승려, 서기 637~714년

"아무것에도 의존하지 말고 네 자신의 마음을 찾아내야 한다." 일개 무식한 시골뜨기 소년에서 훗날 중국 선종의 위대한 제6조第六祖가 된 혜능이, 하루는 장작을 패다가 누군가 이 구절을 암송하는 것을 듣게 되었다. 이 구절을 듣자 갑자기 그의 마음이 밝아지면서 진리란 세간에 나도는 여러 주장들에서가 아니라 유일하게 믿을 만한 것, 즉 자신의 존재 안에서만 찾을 수 있다는 사실을 이해하게 되었다.

혜능은 이와 같은 사실을 깨닫는 순간 몽둥이로 뒤통수를 심하게 얻어맞은 것 같았다고 훗날 말했다. 혜능이 위의 구절을 암송하고 있던 사람에게 그 구절에 대해 묻자, 그는 《금강반야경金剛般若經》에 나오는 것이며, 그 전문은 '모든 중생衆生은 귀천을 막론하고 오관五官에 의지하지 않은 채 순수하고 투명한 마음을 일깨워야 한다. 중생은 아무것에도 집착하지 않는 마음을 계발시켜 그것을 견고히해야 한다'고 씌어 있다고 대답했다. 또한 그는 혜능에게 "제5조第五祖님께 가보시오. 그곳이 내가 이 《금강경金剛經》을 배운 곳입니다"라고 권고해주었다.

제5조는 홍인弘忍이라고 불리는 유명한 선사였는데, 그는 늘 승려들

과 신도들에게 《금강경金剛經》만을 숙고하라고 충고했다. 혜능은 30일 간의 여행 끝에 황매산黃梅山 위에 있는 사원에서 홍인 선사를 만나게 되었다. 선사가 그에게 "그대는 어디에서 왔으며, 무엇을 원하는고?" 라고 묻자, 그는 "남부 광동廣東에서 온 일개 평민이옵니다. 저는 스승 님께 가르침을 받고자 먼 길을 달려왔습니다. 저는 불타가 되어 제 안의 불타를 구현하기를 원하옵니다"라고 대답했다.

이 말에 감복한 제5조가 그에게 문제 하나를 내주었다. "남쪽에서 왔다고? 그건 곧 그대가 야만인이라는 것을 뜻하는 것이야. 그대가 어찌 불타가 될 수 있겠는가?" 그러자 혜능이 "사람이란 남쪽에서 올 수도 있고, 북쪽에서 올 수도 있지만 불타의 세계에는 남쪽도 북쪽도 없사옵니다. 야만인의 몸뚱어리는 분명 대선사님의 그것과는 다르오 나, 그렇다고 한들 어찌 제 불타의 세계와 스승님의 그것이 다르다고 말할 수 있겠습니까?" 하고 대답했다.

이 순간부터 혜능은 홍인 선사에게 제자로 인정받았다. 그런데 그 즈음 스승은 난감한 딜레마에 빠졌다. 당시 선禪은 인도 불교의 영향 하에 있었고, 따라서 학문적이며 형이상학적인 논쟁들이 직접적인 각성覺醒의 경험을 모호하게 만들고 있었다. 홍인은 기존의 세련되고 경전에 박식한 북방 출신의 승려들이 남방에서 온 이 보잘것없는 촌

뜨기를 깔고 뭉개리라는 것을 알고 있었다. 그래서 그는 혜능을 부엌데기로 일하라고 명했다. 혜능은 그곳에서 8개월 동안이나 장작을 패고 쌀을 찧는 일에 만족하며 지냈다. 어느 날 홍인 선사가 모든 승려를 한자리에 불러 모은 후 다음과 같이 공지했다.

"생사生死의 문제는 세상 모든 이에게 가장 중요한 관건 중의 하나다. 그러나 그대들은 생사에 관한 깨달음보다는 오히려 '공덕功德'을 추구하고 있다. 그대들의 마음이 흐려 있는 한, '공덕'은 구원에 무익하다. 골방으로 가서 그대들 자신의 본성을 들여다보아라. 그리고 각자 자신의 지혜로 짤막한 시를 지어 내게 가지고 오너라. 만일 그대들 가운데 불교의 위대한 교의를 깨달은 자가 있다면 나는 그에게 내 의발衣鉢(가사와 밥그릇)과 직위를 물려주어 제6조第六祖로 임명하겠노라. 시간이 촉급하니 즉시 가거라. 지체하지 말라. 지혜란 깊이 생각하면 오히려 그것을 사용할 수가 없다. 그러나 자신의 본성을 깨닫는 자는 내가 말하는 이 순간에도 불교의 위대한 교의를 볼 것이다. 이와 같은 자는 전쟁터의 맹렬한 칼끝 아래서도 이 위대한 교의를 깨달을 것이니라."

이에 모두는 가장 학식이 깊은 신수神秀가 당연히 그 명예를 차지할 거라고 믿고 있었다. 신수 역시 스스로 다른 경쟁자가 없을 거라고 확신하며 짤막한 시를 지어 선사께서 늘 지나다니는 화랑 벽 위에 다음과 같이 써놓았다.

육체는 지혜의 나무,

마음은 받침대 위에 있는 밝은 거울,

주의 깊게 늘 그것을 닦아

먼지 하나 앉지 못하도록 하여라.

선사는 겉으로는 이 시구를 칭찬했지만 은밀히 신수를 불러 그의 시는 무의식적인 자연스러움을 보여주지 못하며, 따라서 자신의 본성을 아직 찾지 못한 것이니 더 노력해야 한다고 말했다. 한편, 혜능 역시 짤막한 시 한 수를 지었으나 그는 글을 알지 못했으므로 누군가가 자기 대신 그 시를 적어주기를 기다려야 했다. 다음 날 아침 사람들은 신수가 시를 써놓았던 그 자리에서 혜능의 시를 읽을 수 있었다. 그곳에는 다음과 같이 적혀 있었다.

지혜의 나무란 본래 존재하지 않는다.

밝은 거울의 받침대도 존재하지 않는다.

모든 것이 처음부터 공空일진대

어디에 먼지가 내려앉을 수 있겠는가?

이 시구는 많은 승려에게 높이 평가되었다. 그러나 혜능의 안위를 염려한 선사는 그 시를 신발로 지우면서 "이것도 역시 자기 본성을 발견하지 못한 자의 것이다"라고 말했다. 그러나 그는 한밤중에 은밀히 혜능을 불러 자신의 의발을 주며 후계자로 승인했다. 선사는 "만일 그대가 그대의 참된 마음을 모른다면 불교 수업은 그대에게 소용 없을 것이다. 만일 그대가 그대 자신의 마음을 알고 있다면, 즉 그대 자신의 본성을 안다면 그대는 선사, 스승 또는 불타라는 이름으로 숭앙받는 자가 될 것이다. 그러나 그대는 적절한 때가 오기 전까지는 그대가 깨달은 것을 숨겨야만 하느니라"고 말하면서 작은 배에 혜능을 태우고 노를 저어 강 건너에 데려다주었다. 이렇게 해서 혜능은 남방을 향해 길을 떠났다.

한편 혜능을 떠나보낸 선사는 닷새 동안 아무에게도 모습을 드러내지 않고 칩거했다. 그러나 제자들의 요청에 결국은 혜능이 의발衣鉢을 가지고 떠났다는 사실을 인정하지 않을 수 없었다. 그는 혜능이 무사히 목적지에 도달하기를 바랐으나, 전수傳受라는 것을 단순히 물질적인 것으로만 믿고 있던 시기심 많은 승려들은 그 의발을 되찾아오기로 결의했다.

그들은 두 달 동안 혜능을 찾아다닌 끝에 마침내 그를 사로잡았다. 그들의 우두머리였던 혜명慧明은 20년이 넘도록 경전을 읽으며 명상 수업을 했으나 아직껏 아무런 깨달음도 얻지 못한 학식 많은 승려였다. 그런데 단지 8개월만의 수련으로 그것도 한낱 부엌데기에 지나지 않던 혜능에게 대선사大禪師의 표징물이 돌아갔다는 것은 그들에게 있어 전혀 납득이 되지 않는 일이었다. 혜명이 혜능을 죽이려고 다가섰을 때, 이를 본 혜능이 의발을 혜명 앞에 내던지며 말했다.

"이 의발은 믿음의 시금석이다. 아무도 이것을 완력으로 차지할 수 없다." 혜명은 그 의발을 움켜잡으려고 와락 달려들었다. 그러나 그가 손을 뻗어 의발을 잡으려는 순간 불타의 음성이 그의 안에서 울려나오듯 그의 양심이 깨어나(근본적으로 그는 선하고 정직한 사람이었다) 갑자기 자신이 하려 했던 일이 무지하고 수치스러운 것임을 깨달았다.

"내가 원하는 것은 진리이지 의발이 아니다. 형제여, 제발 나의 무지를 제거하도록 도와주게나"라고 고백했다. 이에 혜능이 말했다. "만일 당신이 진리를 원한다면, 사물을 쫓는 일을 멈추시오. 무엇이 옳고 그른지에 대해 생각지 말고 다만 이 순간에 당신의 본래 얼굴이 당신의 부친과 모친이 태어나기 전에는 어떠하였는지를 보시오."

그때 혜명은 사물의 참된 진리를 보았다. 이전에 그는 이러한 진리를 상상만 할 수 있었을 따름이었다. 그는 마치 냉수를 쫙 들이킬 때처럼 갈증이 가신 것을 느꼈다. 그것은 철학적이거나 지적인, 또는 상상의 문제가 아니었다. 혜명의 마음은 마치 잘 익은 오얏(자두) 열

매가 나무에서 막 떨어져 나가려는 것처럼 이미 양심에 의해 활짝 열려 있었다. 이는 그의 수년간의 헛된 수업을 모두 보상하고도 남는 것이었다.

그때부터 혜능의 답변은 하나의 공안公案으로서 초심자들에게 사용되었다.— "당신의 본래 얼굴은 당신의 부친과 모친이 태어나기 전에는 어떤 모습을 하고 있었는가?"— 중국의 법정에서 공안公案이란 '현자賢者나 귀인들이 원칙으로 여긴 정통적인 진술'을 지칭했는데, 이 말이 부처의 가르침에 대해 사용될 때에도 그와 동일한 의미를 지닌다. 《The Zen of Koan》의 저자 미우라Miura와 사사키Sasaki는 이에 대해 다음과 같이 말하고 있다.

공안公案은 어느 한 사람의 사적인 의견을 나타내는 것이 아니라 오히려 우리 모두와 삼계시방三界十方의 모든 불자佛子에 의해 똑같이 받아들여지는 가장 높은 원칙이다. 이 원칙은 정신의 원천이 되며, 생사를 깨뜨리고 정욕을 초극하는 것이다. 그것은 논리에 의해서는 전혀 이해될 수 없다. 그것은 말이나 글로써 설명될 수 없고 이성으로 측량할 수도 없다. 그것은 마치 소리를 듣는 사람은 모두 죽게 되는 마법의 북과 같고 근처에만 가도 타버리는 불길과 같다.

혜능의 공안은 인간의 본성에 대한 기본 지침으로 간주되고 있다. 그것은 존재의 실재에 대한 모든 의문과 사고를 배제한다. 어떤 사람이 공안에 대해 개념적인 답변을 해야만 한다면 그는 곧 그러한 공안에 적합한 어떠한 개념도 발견할 수 없다는 충격적인 사실에 접하게 될 것이다. 바로 이 충격이야말로 우리가 설정하는 여러 가정들을 의심케 만드니 여기에서 곧 깨달음의 발단이 있게 되는 것이다. 혜능의 공안이 말하는 '본래의 얼굴'은 형상이 없다. 그의 시구에 나오는 거울 역시 공空이다. 그럼 혜능의 공空은 무엇인가? 그는 다음과 같이 말하고 있다.

"내가 그대들에게 공空에 대해 말하는 것을 들을 때 거기에 집착하지 말라. 특히 공에 대한 어떠한 개념에도 집착하지 말라. 마음을 비우고 그저 묵묵히 앉아 있으면 그러는 중에 개념적인 공에 들어가게 된다. 하늘의 가없는 공은 각양각색의 '만물'을 포용하고 있다.── 해와 달, 별, 산과 강, 숲과 나무, 악인과 선인, 선한 가르침과 악한 가르침, 극락과 지옥──이 모든 것이 공 안에 내재되어 있다. 그대의 본성의 공도 이와 같다. 그것 역시 모든 것을 포용한다. 그러므로 공은 위대하다. 모든 것이 그대 자신의 본성 안에 내재되어 있다."

아무것도 금지되거나 폐기되어서는 안 된다. 혜능은 "무한한 근본은 일상적인 현상계와 한 치도 동떨어져 있지 아니하다. 만일 당신이 현상계와 동떨어진 근본을 추구한다면 당신은 다른 모든 것과 마찬가지로 당신의 실재를 이루고 있는 상대적 일상 세계로부터 유리된 자신을 발견하게 될 것이다"라고 말한다.

15년간 조심스럽게 은둔 생활을 한 혜능은 제5조第五祖의 계승자로서 자신을 드러낼 때가 왔다고 판단했다. 이후 그는 선禪의 가장 위대한 스승으로 알려지게 되었고, 그의 사후에는 그의 업적을 모아놓은 불경佛經이 전해졌다. 그는 좌선坐禪의 전통적인 관행들을 확립하여 다음과 같이 정의내렸다. "모든 선악의 한가운데 어느 쪽에도 치우침이 없는 무념무상無念無想의 상태, 이를 좌坐라고 부른다. 전혀 미동도 없이 자신의 본질을 들여다보는 것, 이를 선禪이라 부른다."

그는 이와 같은 명상법은 좌선坐禪하는 동안만이 아니라 항상 수행되어야 한다고 말한다. 그는 중요한 것은 마음의 자세이며, 몸의 자세가 아니라는 점을 확신하고 있었다. 따라서 그는 오랜 시간의 좌정은 죽어 있는 상태보다 나을 것이 없다고 보고 다음과 같이 말했다. "눕지 않고 좌정한 생자生者와 좌정하지 않고 누워 있는 사자死者여, 결국 둘 다 더러운 해골들이로구나!"

그는 76세에 이르자 승려들에게 "다들 내게로 모여라. 나는 이 세상을 떠나기로 결심하였노라"고 말했다. 이 말을 들은 승려들이 울기 시작하니 그는 다음과 같이 말했다. "그대들은 누구를 위해 울고 있는가? 그대들은 내가 나의 갈 곳을 모른다고 생각하기 때문에 나에 관해 걱정하고 있는 건가? 만일 내가 나의 갈 곳을 모른다면 나는 이러한 방법으로 그대들을 떠날 수는 없을 것이다. 그대들은 내가 어디로 갈 것인지를 모르기 때문에 울고 있는 것이다. 만일 그대들이 진정코 내 갈 곳을 알고 있다면 아마도 울 수 없으리라. 참된 본질이란 생生도 없고, 사死도 없으며, 가고 오는 것도 없다는 사실을 알고 있을 것이기 때문이다."

임제(臨濟) 중국 당나라의 승려, ?~서기 866년

임제臨濟는 선禪 역사상 가장 권위 있는 스승 중의 한 사람으로 알려져 있다. 그가 창립한 승단은 혜능 선사 이후에 생겨난 모든 분파 가운데서 가장 많은 영향력을 행사했다. 임제는 9세기에 사망했는데, 그의 사문師門에서는 12세기 중반까지 대대로 지도적인 선사禪師를 많이 배출했다. 12세기에 그의 가르침이 일본에 건너가서 린자이슈臨濟宗(임제종)가 되었는데, 이는 오늘날까지도 일본에서 흥성하고 있는 두 개의 주된 선승단禪僧團 중의 하나다.

임제 생존 시 중국은 흉포하고 사나운 침입자들, 곧 서방으로부터 침입한 타타르 족과 투르크 족과의 전쟁이 끊일 날이 없었다. 따라서 당시 중국의 국가 정신은 강하고 호전적이었으며, 선禪 역시 선이 굵고 거친 특징을 지니고 있었다. 임제의 수련 방식 또한 직선적이고 동적이었다. 그는 장황하고 구태의연한 사유로부터 제자를 끌어내기 위해 필요할 때는 무력을 행하는 일도 서슴지 않았다. 이처럼 그는 제자를 거칠게 다루는 것으로도 악명이 높았다. 평상시의 그러한 행동은 모욕적인 것으로 생각되겠지만, 선禪 수련에서 그것은 모든 사고를 뛰어넘어 마음을 열게 해주는 방법이 된다

임제는 철학적이거나 형이상학적인 질문을 받으면 주먹으로 답변을 대신했다. 임제의 이러한 방법은 무엇을 의미하는 것일까? 질문을 한 제자는 논리의 관점에서 답을 구할 수도 없고, 어떠한 전통적인 가르침에서도 도움을 받을 수가 없게 된다. 그가 기댈 곳은 어디에도 없다. 그는 갑자기 이성 부재理性不在의 세계 안에서 표류하며, 자신이 속해 있다고 믿었던 모든 일상적인 사고의 영역으로부터 일탈하지 않을 수 없게 된다. 그러나 만일 그가 문제에 성실하다면, 그래서 그의 전 존재 안에서 만족할 만한 해답을 알고자 한다면, 그는 그의 모든 예전의 사고방식을 포기하게 될 것이며, 그렇게 되면 그의 마음은 자신의 본성에 대한 직접적인 경험을 향해 열리게 될 것이다.

임제는 종교 관습에 관한 한 위대한 파괴자였다. 그는 명징한 진리가 철학자나 박식한 학자들에 의해 우회적이고 완곡한 방식으로 다루어지는 것을 몹시 싫어했다. 이에 반해서 그는 무의식적인 자발성과 절대적 자유를 강조한다. 그는 다음과 같이 말했다.

많은 수행자가 각처에서 나를 보러 온다. 그들 중 많은 이는 객관적인 사물에 얽매여 자유롭지 못하다. 나는 그들을 바로 그 자리에서 깨우쳐준다. 만일 그들의 문제가 수다스러운 입에 있다면 나는 그 입을 내려친다. 만일 그들의 문제가 그들의 눈 뒤에 가려져 있을 경우 나는 사정없이 바로 그 눈을 때린다. 지금까지 나는 자기 자신을 자유롭게 할 수 있는 사람을 본 적이 없다. 이는 그들 모두가 이전의 무익한 방법에 사로잡혀 있었기 때문이다. 나는 모든 사람에게 단 한 가지의 방법만을 주장하지는 않는다. 하지만 나는 문제가 무엇이든 그것을 경감시켜 사람들로 하여금 자유롭게 풀려나도록 하고 있다.

벗들이여, 나는 이것을 그대들에게 말하노라. "불타도 없고 따를 만한 어떠한 정신적인 길도, 수련도, 깨달음도 전혀 없도다. 그대들은 무엇을 찾아 그토록 열심히 뛰어다니는고? 그대들, 눈먼 백치들이여, 자신의 머리를 다시금 자신의 머리 꼭대기에 놓으려고 하는고? 그대들의 머리는 있어야 할 자리에 얹혀져 있지 않는고?" 문제는 자기 자신에 대한 믿음이 충분치 못하다는 데 있다. 자신의 존재를 믿지 않기 때문에 그대들은 다른 상황에 처할 때마다 이리저리 두드려 맞는 것이다. 객관적인 상황들에 둘러싸여 노예가 된 채, 그대들은 자유를 잃고 자기 자신을 정복할 수 없게 된다. 외부로의 지향을 멈춰라. 그리고 내 말에도 집착하지 말라. 과거에 집착하지도 말고, 미래를 동경하지도 말라. 이것이 십 년간의 순례 여행보다 낫다.

임제의 명성은 그가 황벽黃檗 선사禪師 문하에서 수업하고 있던 젊은 날에 이미 알려졌다. 500명가량의 승려가 있던 황벽의 사원에서 임제는 3년간을 이름 없이 지냈다. 아침이면 다른 이들과 함께 들에 나가 일했고, 오후에는 명상을 했으며, 저녁에는 부엌일을 돕거나, 나이 든 승려들을 위해 목욕물을 준비했다. 이 3년 동안 그는 마치 커다란 대학 내의 그저 평범한 학생처럼 무명의 존재였다.

그러나 승려의 우두머리였던 진존숙陳尊宿이 그를 주목했고, 그가 특별히 순수한 일념으로 일하는 것을 알게 되었다. 즉, 임제는 식사할 때는 그저 식사하고, 명상할 때에는 그저 명상했다. 임제의 전 자아全自我는 무엇이든지 그가 몰두하는 것과 일치했고, 그것에는 이기심이나 소유욕 또는 자만심이 전혀 없었기 때문에 그의 행동은 순수한 정금正金과 같았다. 그러나 그는 너무나 정직하고 곧았으므로 결코 선사禪師에게 묻는 일이 없었으며, 어떤 이유로든 자신을 앞세우려 하지 않았다.

어느 날 진존숙은 이러한 임제를 선사에게 알리고 싶어서 스승에게 질문을 하라고 그에게 말했다. 하지만 임제는 물어볼 것이 없었으므로 진존숙이 다시 그에게 '불교의 근본적인 원칙이 무엇인가'에 대해 스승에게 물어볼 것을 권해주었다. 임제가 황벽 앞에 서서 이런 질문을 하자 황벽은 지팡이로 그를 때렸다. 임제가 두 번째 그 질문을 하자 또 때렸다. 세 번째 질문에도 마찬가지였다.

이 일로 임제는 자신에게 진리를 보지 못하는 마음의 장벽이 있음이 틀림없다고 단정짓고, 승단을 떠나 거지가 되어 승단에서 찾지 못한 것을 일상의 삶에서 배워 보겠다고 결심했다. 그가 이러한 계획을 진존숙에게 말하자, 진존숙은 이를 황벽에게 이르면서 "이 젊은이에게 자비로우소서. 훗날 많은 사람을 보호해줄 거대한 나무가 그로부터 만들어질지도 모릅니다"라고 덧붙였다.

임제가 황벽 선사에게 작별 인사를 하러 갔을 때, 선사禪師는 그에게 "멀리 갈 필요 없다. 대우大愚 선사에게 가거라. 그가 너에게 가르침을 줄 것이다"라고 말했다. 이에 임제는 큰 희망을 품고 대우 선원仙院으로 가서 자신에게 일어난 모든 일을 선사禪師에게 이야기했다. 대우 선사가 임제의 말을 듣고 그에게 "무엇 때문에 황벽이 그대에게 마치 어머니처럼 자비로왔던고? 왜 그대는 이곳에 와서 나에게 그대의 잘못에 대해 묻는가?"라고 반문했다.

이 말에 임제는 크게 깨닫고 갑자기 시야가 확 트이는 걸 느꼈다. 그때까지 그는 불교를 자신과는 분리되어 있는 탁월한 가르침으로 생각해왔었다. 그러나 이제 그는 그것이 단지 그의 마음 안에 있는 하나의 관념임을 알게 되었다. 그는 비로소 한 인간이 되었다. 그때까지 그는 눈과 귀를 가지고 있으면서도 자기 것으로 사용할 줄 모르는 짐승과 같은 존재였다. 과거에 그는 외부 세계, 곧 사람과 객체와 사건들의 세계와 전적으로 동일시되었고, 그의 눈과 귀 역시 외부 세계에 속해 있었다. 그러나 이제 그는 이와 같은 세계에서 섬광처럼 벗어났으니, 그 순간에 본질적인 존재를 알게 되었고 존재에 관해 이제까지 말해온 온갖 언어의 비실재성을 알게 되었다. 황벽의 지팡이가 자기 자신의 존재에 관한 진리를 지적해주었던 것이다. 불교에 대한 임제의 물음은 환상에서 튀어나온 것이었기 때문이다.

그는 소리쳤다. "아, 이전에 보지 못했던 것을 나는 보고 있다. 황벽의 불교 안에는 처음부터 아무것도 없었다." 이러한 깨달음은 그가 황벽 선원에서 3년 동안 비천한 일을 한 후에 얻게 된 것이었다. 그러나 이제 그는 황벽의 참된 자비로움을 깨달았다. 대우는 무슨 일이 일어났는지를 짐작하고 임제에게 시험을 해보기로 마음먹고 그에게 "요 오줌싸개 개구쟁이 같으니라고! 조금 전만 해도 넌 네가 옳은지 그른지에 대해 내게 물었는데, 이제는 황벽의 불교 안에는 아무것도 없다고 지껄이다니, 넌 무엇을 보았느냐? 말해보아라! 지금 당장 토해보거라" 하며 그를 다그쳐 물었다.

그러자 임제는 갑자기 대우의 옆구리를 세 차례 쿡쿡 찔러댔다. 이에 대우가 임제를 밀어내며 말했다. "황벽에게 돌아가거라. 그가 네 스승이다. 이 모든 것은 그의 일이며, 나와는 관계없다."

되돌아온 임제를 보고 황벽이 말했다. "이 녀석, 시계 불알처럼 한 없이 왔다 갔다 하겠구나! 이 멍충아! 무엇 하러 다시 돌아왔느냐? 이렇게 왔다 갔다 하다가 언제 진리를 찾을래?" 이에 임제가 "스승님 은 마치 저의 할머니처럼 너무도 자비로우십니다. 그것이 바로 제가 되돌아온 이유입니다"라고 대답했다. 그러고 나서 그는 스승과 머무 르려는 승려의 자세로 가슴에 손을 얹고 황벽 옆에 나란히 섰다. 그 러자 황벽이 물었다. "너는 어디 갔다 왔느냐?" 스승의 이러한 질문 에 당시의 풍류를 따라 "바람결에 실려 왔나이다"라고 제법 시적으 로 대답할 수도 있었겠으나, 임제는 그러한 것에 신경 쓰지 않고 직 접 자신에게 일어났던 일을 있는 그대로 말했다.

"대우가 여기 올 때까지 기다리거라. 내가 그 지껄이기 좋아하는 자를 호되게 때려주리라." 황벽은 진심으로 기쁨에 차서 말했다. 이 에 임제는 "왜 기다려야 합니까? 스승님께서는 이미 실재實在를 갖고 계신데요"라고 말하면서 황벽을 한 대 갈겼다. 황벽은 내심 매우 즐 거웠으나 겉으로는 스승의 위엄을 갖추고 소리 질렀다. "미친 녀석이 되돌아와서 범의 수염을 잡아당기는구나." 그러자 임제가 천둥치듯 큰 소리로 "갈喝!"이라고 소리쳤다. 마침내 황벽은 행자를 불러 "이 미치광이를 끌어내어 골방에 처넣어라" 하고 지시했다. 임제는 아무 말 없이 끌려나와 골방으로 들어갔다.

임제의 '갈喝'은 유명해져서 지금까지도 임제종臨濟禪의 선사들에 의해 사용되고 있다. 이 외침은 비록 아무런 뜻은 없는 말이지만 많은 것을 전달해준다. 그것은 수행자의 마음을 깨끗이 청소하고 그가 지닌 이원적, 자아 중심적인 사고로부터 자유롭게 하는 데에 사용된다. 임제는 갈喝의 네 가지 종류를 다음과 같이 구별했다. "때로 그것은 바이라Vajra(천둥 번개) 왕의 보검과 같다. 때로 그것은 땅 위에 웅크리고 앉아 있는 황금 갈기를 가진 사자와 같다. 때로 그것은 풀을 매단 미끼 장대 같고, 때로는 아무것도 아니다."

10년을 더 수련한 후, 임제는 북방에 있는 한 사원에 정주했다. 많은 문하생이 그에게 찾아왔다. 그의 가르침은 현세적이고 평범했다. 그는 그의 문하생들로 하여금 자발적으로 자연스럽게 반응하는 것이 진정한 불타의 마음임을 믿도록 용기를 불어넣어주었다. 이와 같이 순수한 존재 상태에 이른다는 것은, 무엇인가 장애물이 되는 것을 제거한다는 것을 의미했다. 그러니 이제 집착에서 벗어난다는 것은 감정도 갖지 않고 배고픔이나 고통 등의 감각을 느끼지 않는다는 것을 뜻하는 것이다. 이러한 방법은 전체 자아로 하여금 무엇에도 억눌리지 않고 모든 것 안으로 들어가서 완전히 자유롭게 어떠한 상황과도 하나로 합일한다는 것을 의미한다.

임제에게 있어서 이것은 일상을 사는 방식이었다. 그리고 그는 제자들이 그 밖의 다른 것을 추구하는 것에 대해 종종 화를 내곤 했다. 그는 현세로부터의 구원만을 추구하여 각처에서 몰려든 수련자들에게 "그대들이 현세로부터 구원을 받는다면 그 후에는 어디로 갈 것인가?"라고 물었다. 그의 이러한 충고는 사람들이 살아가는 모습 그대로 살면서, 욕망의 노예가 되지 말고 살라는 것이었다.

옷을 입어야 할 때가 되면 옷을 입어라. 걸어야만 할 때는 걸어라. 앉아야 한다면 앉아라. 불타의 세계를 추구함과 관계없이 이상 안에서는 그저 그때그때의 일상적인 자아自我로서 남아 있어라. 그대가 피곤할 때는 누워라. 어리석은 자는 그대를 비웃겠지만 현명한 자는 그대를 이해할 것이다.

선禪은 부처나 하느님의 관념이 아닌 인간 존재의 실재에 관여한다. 진정한 인간은 그가 인생에서 얻을 수 있는 것을 추구하는 것이 아니라, 있는 그대로의 삶을 추구하며 바로 이러한 지식으로 살아간다. 이러할 때 그는 사물에 관한 그릇된 관념들로부터 자유로워지고 우주와 조화를 이루어 행동할 수 있게 된다. 임제는 이렇게 말했다.

자아^{自我}는 모든 것을 초월한다. 하늘과 땅이 무너지더라도 나는 염려하지 않을 것이다. 시방^{十方}의 모든 불타들이 내 앞에 나타날지라도 나는 기뻐하지 않을 것이다. 심지어 삼악도^{三惡道}가 내 앞에 닥칠지라도 나는 조금도 두려워하지 않을 것이다. 어떻게 그럴 수 있겠느냐고? 내가 미워하는 것은 아무것도 없기 때문이다.

도겐(道元) 일본 가마쿠라 시대의 승려, 서기 1200~1253년

임제종臨濟宗(린자이슈)이 12세기에 일본에서 유행했으나 그것이 모든 이를 만족시켜주지는 못했다. 지금까지도 일본에서 성행하는 소토젠曹洞禪(조동선)의 창시자인 도겐은 임제와는 달리 덜 극단적인 성향을 띠었다. 그는 귀족 출신이지만 어린 시절은 전혀 행복하지 못했다. 그는 3세에 부친을, 다시 7세에 모친을 잃고 고아가 되었다. 도겐의 마음은 그들의 죽음으로 인해 깊은 영향을 받았다. 비록 매우 어릴 때이긴 했지만 그는 이 사건에서 일장춘몽과 같은 삶의 본질을 볼 수 있었다.

그는 13세에 그의 가장 커다란 소망이 이루어져 불교의 승려가 될 수 있었다. 그러나 14세 때 불교의 가르침에 관한 깊은 의구심으로 고민했다. 만일 경전이 말하듯이 모든 인간이 불성佛性을 갖고 태어난다면 왜 불성을 깨닫기가 그렇게도 어려운 것일까?

도겐은 당시 선禪의 진리를 보지 못했다. 선의 진리는 수련이 힘들다기보다는 오히려 선입관先入觀을 떨쳐버리는 게 더 힘들다는 걸 일러준다. 또 자신의 실재에 도달하기 위해서는 특별한 의식意識이 요구됨을 일러준다. 이 의식은 정의定義의 영역에서 벗어나 너 이상 우리 자신을 '나我'로서 규정할 수 없게 한다. 자신을 하나의 객체로 바라보는 한, 자신의 참모습을 알 수 없다. 삶의 실재는 모든 정의定義를 넘어서서 존재한다. '불火'이라는 단어가 실재적인 불꽃의 기운을 전달해주지 못하는 것처럼, 자기 자신에 대한 어떠한 분류分類도 살아 있는 참된 실재에 도달하게 해주지 못한다. 불교 신자들은 이와 같은 근본적인 주관적 실재가 본질이며, 따라서 그것은 단지 눈에 보이지 않을 따름이지 결코 상실될 수 없다는 사실을 믿고 있다. 이것은 여러 명칭—자아自我, 불성佛性, 진여眞如, 열반涅槃 등—으로 불리며, 기독교에서도 그것은 종종 신의 근저近著 또는 신의 내재內在라고 불린다.

젊은 시절의 도겐道元은 종족이나 계급 또는 성性 등과 같은 조건들로 구성되어 있는 '나我', 다시 말해서 세계와 횡적으로 연관되어 있고 단지 사회적인 외양만을 가지며, 그래서 세속적으로만 평가받는 이러한 '나'가 바로 '완전한 자아'일 수는 없다는 사실을 깨닫지 못했다. 자아의 참된 삶을 사는 사람들은 거의 없으며, '자아'란 많은 욕망에 얽혀 있고, 따라서 자아의 실재를 발견하기 위해서는 훈련과 수행이 필요하다는 사실을 수년이 걸려서야 깨우치게 되었다.

사방을 찾아다닌 끝에 그는 린자이젠臨濟禪의 에이사이榮西를 만났는데 바로 이 선사가 도겐이 품고 있던 마음속의 커다란 의문을 풀어주었다. 그는 도겐에게 오직 미망迷妄에 찬 사람들만이 불성과 인성을 분리하는 이원론적 관념에 빠진다고 말했다. 깨달은 자에게 불성과 자신은 곧 하나가 된다. 도겐은 이 충고를 깊이 받아들임으로써 '깨달음覺'을 얻었고 에이사이의 얼마 남지 않은 여생 동안 제자로서 그와 함께 거했다. 에이사이가 세상을 뜬 후 도겐은 에이사이의 후계자인 미오젠과 8년간을 함께 지냈다.

그러나 도겐은 선사禪師의 봉인認可을 받았음에도 자신이 무언가 중요한 점을 이해하지 못하고 있음을 느꼈다. 24세에 그는 미오젠과 함께 린자이젠을 떠나 중국으로 가 주칭 선사 밑에서 부단히 좌선에만 정진했다. 어느 날 그는 주칭 선사가 순회 시찰을 하다 졸고 있던 한 승려에게 "좌선의 수행은 몸과 마음을 지워버리는 것이다. 그대는 졸면서 무엇을 성취할 수 있다고 생각하는가?"라고 꾸짖는 소리를 들었다. 도겐은 이 말을 들으면서 갑자기 진리를 깨달았다. 그때까지 그는 자신이 혜능 선사가 일찍이 경고한 바 있는— '공허한' 또는 '관념적인' 공空에 이르게 하는—미동微動 하나 없는 정좌靜坐의 오류에 빠져 있었음을 알게 되었다.

좌선이란 그저 단순히 정좌하는 것만은 아니다. 그것은 삶에 관한 모든 생각을 지워버림으로써 자아를 자신의 실재에 활짝 여는 역동적인 것이다. 이기적인 자아의 간선 없이 삶이 경험될 때 그 경험은 참되고 외경에 찬 경험이 된다. 이러한 통찰 끝에 그는 다음과 같이 말했다.

> 몸과 마음이 지워졌도다. 모두가 이러한 상태를 경험해야 한다. 그것은 구멍 뚫린 독에 물을 붓는 것과 같아서 아무리 붓고 부어도 독은 채워지지 않는다. 이것을 깨닫게 될 때 비로소 항아리의 밑바닥은 깨어지게 된다. 하지만 '이것을 이해했다'든지 또는 '저것을 깨달았다'라고 말하는 개념 주의에 젖어 있는 한 그대들은 여전히 비실재非實在와 씨름하고 있는 것이다.

이 일이 있은 후 그는 주칭 선사의 방에 가서 절하기 전에 먼저 향불부터 밝혔다. 그러자 선사가 "어찌하여 그대는 향불을 밝혔는고?"라고 물었다. 도겐의 모습 자체가 그의 '깨달음'을 드러내고 있었으므로 진정 물어볼 필요는 없었지만 선사는 간단한 질문을 통해 도겐의 깨달음이 얼마나 큰 것인지를 알고 싶었다. "저는 몸과 마음이 지워져버리는 체험을 하였습니다"라고 도겐이 대답했다. 이에 주칭은 도겐의 깨달음이 참된 것임을 알아채고 "그대는 정말 몸과 마음을 지워버렸도다"라고 말했다. 늘 호되게 꾸지람만 듣다가 자신의 상태를 순순히 인정해준 데 깜짝 놀란 도겐이 "저를 그토록 쉽게 인정하지

마십시오"라고 항의했다.

이 말에 선사가 "나는 그대를 쉽게 인정하지 않았다"라고 대답하자, 당황한 도겐이 다시 물었다. "스승님께서 저를 쉽사리 인정하신 게 아니라니, 무얼 두고 하시는 말씀입니까?" 그러자 주칭은 "몸과 마음이 지워졌다는 그대의 말을 두고 하는 말이라네"라고 대답했다. 도겐은 그 말에 자신의 상태에 대해 다시 한 번 확신하고 스승 아래 엎드려 경의와 감사의 념_念을 표했다.

중국에서 4년 동안 수련을 한 후 일본으로 돌아온 도겐은 그가 타국에서 얻은 깨달음이 무엇이냐는 질문을 받았다. 그는 "나는 빈손으로 돌아왔다. 나는 다만 두 눈은 옆으로 째졌고, 코는 세워져 있다는 사실만을 깨달았을 뿐"이라고 답변했다. 그는 어떠한 경전이나 가르침도 가져오지 않았으니 그야말로 불교의 터럭 하나도 보여주지 않았던 것이다. 이와 같이 남김없이 지워져버리고 비워진 공수_{空手}의 명징_{明澄}함에서 일본의 소토젠_{曹洞禪}이 비롯되었다.

도겐_{道元}은 교토_{京都}에 자신의 명상관을 설립했다. 그에게 몰려온 많은 승려에게 그는 '지관타좌_{只管打坐}'라는 좌선 방법을 가르쳤는데, 이는 지금까지도 모든 소토젠의 토대가 되고 있다. 지관타좌는 수단과 목적이 독특하게 결합된 좌선으로, 좌선을 하면 수행자는 확고한 신념, 즉 시간을 초월한 자신의 불성 또는 존재를 깨닫게 되고, 깨달음의 순간 이와 같은 순수 존재를 알게 될 때야 도달할 수 있다는 신념을 지니고 고요히 앉아 있는 방법이다. 따라서 이러한 좌선 방법으로는 의도적으로 '깨달음'을 추구할 필요가 없다. '깨달음'은 좌선 수행의 결과로 당연히 주어지는 것이기 때문이다. 한편 수행자는 그저 앉아만 있는 게 아니라, 그가 할 수 있는 한 오랫동안 '지관타좌' 특유의 엄격한 인식을 유지해야 한다. 여기서 '지관只管'은 '다만'을 의미하며, '타打'는 '때린다'를, 그리고 '좌坐'는 '앉는다'를 의미한다.

도겐은 명상 시 올바른 몸의 자세와 마음가짐에 대해 다음과 같은 상세한 가르침을 남겼다.

> 좌선을 수행할 때는 조용한 방을 택하는 것이 좋다. 모든 잡다한 일상사를 떠나 먹고 마시는 일까지도 삼가야 한다. 모든 것을 떠나 단좌端坐하여 선악도, 옳고 그름도 생각하지 말라. 이렇게 하여 마음의 여러 작용을 중단시키고 심지어 불타가 되겠다는 생각까지도 지워버려라. 이는 좌선에서뿐만 아니라 모든 일상적인 행동에 대해서도 마찬가지로 적용되는 원칙이다.
>
> 대개 좌선하는 마룻바닥 위에는 두터운 장방형의 돗자리가 깔려 있으며 그 위에 둥그런 방석을 놓고 책상다리를 하고 앉는다. 여

기에는 '결가부좌結跏趺坐'와 '반가부좌半跏趺坐'가 있는데 먼저 결가부좌에서는 오른발을 좌측 허벅지 위에 놓고 왼발을 우측 허벅지 위에 올려놓는다. 반가부좌에서는 왼발만을 우측 허벅지 위에 올려놓는다. 이때 의상은 헐렁한 게 좋으나 단정해야 한다. 다음에 오른손을 왼발 위에 놓은 후 왼손 바닥을 오른손 바닥 위에 겹치고 엄지손가락들이 가볍게 맞닿도록 한다. 좌로나 우로나 앞뒤로 치우치지 말고 똑바로 앉아서 귀가 어깨와 평행을 유지하도록 하고, 코는 배꼽과 수직을 이루도록 한다. 혀는 입천장 맞은편에 두고 입술은 굳게 다문다. 잠시도 눈을 감아서는 안 되며, 콧구멍으로만 조용히 호흡한다. 이와 같이 몸과 마음을 정돈시키면서 끝으로 깊게 숨을 들이마시며 몸을 좌우로 한 번 흔들고 난 후 이제는 바위처럼 견고히 단좌端坐하여 무념무사無念無思를 생각한다. 어떻게 이것이 가능할까? 그것은 생각한다는 것과 생각하지 않는다는 것, 이 양자를 모두 초월하는 사유를 통해서 가능하다. 이것이 바로 좌선의 근본이다.

좌선은 단계적인 명상법이 아니다. 그것은 오히려 쉽게 그리고 즐거운 마음으로 불佛을 실천하며 불타의 지혜를 깨닫는 것이다. 진리는 미망迷妄이 사라진 곳에 나타난다. 이 사실을 이해할 때 그대는 마치 물을 발견한 용龍이나 산 위로 튀이오르는 범虎처럼 완전히 자유롭게 된다. 그러면 지고의 법칙이 스스로 모습을 드러낼 것이며 그대는 곤비함과 혼돈으로부터 자유롭게 될 것이다. 좌선을 마칠 때는 몸을 천천히 흔들면서 조용히 일어서고 심하게 움직이지 말라.

도겐이 위와 같이 좌선의 자세에 대해 상세히 기술하는 데는 두 가지 목적이 있다. 첫째로 결가부좌結跏趺坐는 폭넓고 탄탄한 신체적 기반과 양 무릎이 돗자리와 접촉함으로써 생기는 절대적인 신체의 안정성을 유지하도록 해준다. 둘째로 바위같이 견고한 부동 자세는 마음의 상념들을 씻어주며 고요한 평정을 가져다준다.

오늘날의 소토젠曹洞禪에서는 마음을 집중하기 위해 보통 호흡 훈련을 함께 행한다. 초심자들에게 가장 쉬운 방법은 하나에서 열까지 호흡을 세면서 이를 다시 반복하는 것이다. 이러한 수련법의 장점은 식별을 일삼는 마음이 식별할 대상을 찾지 못하고 이성理性 또한 집착할 대상을 갖지 못한다는 데에 있다. 그럼에도 덧없는 상념들이 왔다가 사라지고는 하는데, 이에 대해서 도겐은 떠오르는 상념을 붙잡아 손바닥 안에 집어넣으라고 충고한다. 수련생이 진일보한 '지관타좌' 또는 '깨달음覺' 수행 좌선의 준비를 마치면, 그다음에는 호흡법에 의한 정신 집중 훈련에 들어가게 된다. 마음은 이제 육신과 마찬가지로 정좌하여 평온하게 가라앉고 완벽하게 견고하며 미동조차 하지 않게 된다. 마음은 마치 자연스럽게 집중된 의식意識을 통해 팽팽하게 당겨진 활시위 같다고 할 수 있을 것이다.

도겐은 이와 같이 평이하면서도 강렬한 주의력을 지닌 의식을 결투에 임하는 검객의 경계심에 비유했다. 그러한 마음의 태도는 주변 세계에 의해 움직이지 않는다. 그것은 그 자체로서 모든 움직이는 것 가운데 움직이지 않는 중심이다. 도겐은 "사고와 행동을 버리는 것은 행동과 활동의 모든 형식과 별다를 바 없다"고 말했다.

아마도 도겐은 삶이란 하나, 곧 모든 조각의 총체라는 사실을 이해한, 아니면 그러한 사실을 가르쳤던 최초의 선사였을 것이다. 그는 우리가 삶을 여러 조각으로 나누면—그중의 어떤 것은 우리의 마음을 끌고, 어떤 것은 권태로우며, 개인적으로 중요한 것도 있고, 그렇지 않은 것도 있을 것이나—결국은 삶의 흐름을 놓쳐버리고 만다는 사실을 이해하고 있었다. 사건을 지배하려는 헛된 노력으로 우리는 자신을 겉으로만 영원해 보이는 오류의 섬에 좌초하게 한다. 그러고는 스스로를 붙박이라고 믿지만 삶은 눈 깜짝할 사이에 지나가버리고 만다. 도겐은 모든 순간과 모든 행동은 아무리 사소하게 보인다 해도 불성의 실제적 구현으로 간주해야 한다고 생각했다. 바로 지금이 곧 목적이므로, 목적에 이르는 어떠한 수단도 필요 없게 된다.

지금 이 순간을 깨닫는 것이야말로 오늘날 소토젠曹洞禪이 추구하는 중요한 목표다. 좌선에서의 정좌靜坐는 '깨달음覺'이나 그 밖의 어떤 것을 추구하고자 하는 방법이 아니다. 좌선의 목적은 마음을 과거, 현재, 미래라는 개념에서 해방시킴으로써 매 순간의 흐름에 들어가고자 하는 것이다. 그의 저서 《정법안장正法眼藏》에서 도겐은 우리의 모든 희망을 하나의 목표에 고정시키는 것은 무의미하다는 사실을 명확하게 밝히고 있다. 그는 다음과 같이 말한다.

물고기가 헤엄칠 때는 계속 헤엄쳐댄다. 물은 끝이 없다. 새가 날 때, 그것은 날고 또 날 뿐이니 하늘은 끝이 없다. 여태 물 밖에서 헤엄쳤던 물고기도 없었고 하늘 바깥에서 날았던 새도 없었다. 약간의 물과 하늘이 필요할 때, 그들은 그저 약간만을 사용한다. 많이 필요할 때는 많이 사용한다. 이처럼 그들은 매 순간마다 그 전체를 사용하며 모든 곳에서 완벽한 자유를 누린다.

그러나 만일 최초로 하늘의 크기를 측량하고자 하는 새나 또는 최초로 물의 크기를 재고자 하는 물고기가 있어서, 그러한 목적을 가지고 날거나 헤엄치려고 노력한다면 결코 그 길을 찾지 못할 것이다. 우리가 이 순간에 어디에 있는지를 알게 될 때 실행이 뒤따르게 될 것인즉, 이것이 곧 진리의 실현인 것이다. 장소나 그 길은

크거나 작거나 하는 문제가 아니고, 자신이나 남이라는 문제도 아니다. 그것은 이전에 존재한 일이 없으며, 또 앞으로도 존재하지 않을 것이다. 그것은 단지 있는 그대로일 뿐이다.

하쿠인 에카쿠(白隱慧鶴) 일본 에도 시대의 승려, 서기 1686~1769년

혜능慧能이 선禪에 중국인의 풍미를 가미했듯이 하쿠인은 일본의 린자이젠臨濟禪을 창시했다. 그의 놀라운 열정과 다재다능한 가르침은 선禪에 새로운 구조를 부여했다. 그는 선사禪師였을 뿐만 아니라, 유명한 화가였으며, 시인이었고, 조각가였다. 이처럼 그가 삶에 쏟았던 모든 열정, 그리고 그가 남긴 위대한 작품 이외에도 그는 가장 비난받기 쉬우면서도 친근감을 느낄 수 있는 인간적인 선사들 중 한 사람으로 기록되었다. 만년에 그는 촌부들과 함께 들에 나가 농부들이 씨를 뿌리는 동안 밭두렁에 앉아 선禪에 대한 이야기를 들려주고는 했다.

그는 후지산 기슭 어느 마을의 종교적인 가정에서 자랐다. 부친은 사무라이였고, 모친은 열광적인 니치렌 불교日蓮宗(일련종)의 신봉자였다. 어릴 적부터 명석했던 그는 4세에 300여 개에 달하는 지방 민요를 모조리 암송할 정도였다고 한다. 하쿠인은 승려가 되기를 희망하였으며 15세에 고향에 있던 한 조그만 선원禪院으로부터 입단을 허락받았다. 그 후 얼마 안 되어 근처에 있는 좀 더 커다란 승단으로 가 수련을 계속했으며 19세까지 그곳에 머물렀다.

그에게 커다란 의문이 생긴 시기가 바로 이때였다. 그 의문은 간토라 불리던 한 중국 선사禪師의 죽음과 관련된 것이었다. 이 선사는 도적단에 용감히 맞섰으며 다른 승려들이 모두 도망갔을 때에도 혼자 사원에 남았다. 이때 한 도적이 던진 창이 그의 몸을 관통했다. 그는 죽는 마당에서도 얼굴 표정 하나 일그러뜨리지 않았는데, 그 순간 수십 리 밖에서도 들을 수 있을 만큼 큰 소리로 비명을 질렀다고 한다. 하쿠인은 이와 같은 인간의 나약함으로 인해 깊은 우울증에 빠졌다. 간토와 같이 정신적으로 강한 인물마저 두려움과 고통에 굴복당한다면 자신과 같은 초심자는 무슨 희망이 있을까 하는 것이었다.

그는 선禪을 포기하고 시인詩人이 되고자 생각했다. 그런데 어느 날 해마다 한 차례씩 먼지를 털어내고 환기를 시키기 위해 밖에 내다놓은 사원 장서들이 눈에 들어왔다. 그는 지그시 눈을 감고 책 한 권을 뽑아들었는데 그것은 선禪에 관한 연구서였다. 그가 펼친 부분에는 다른 승려들이 잠자는 동안 명상을 하던 선원장 지묘가 잠에 빠지지 않을 방도를 강구하는 장면이 나와 있었다. 잠에 빠지지 않기 위해 지묘는 자신의 허벅지를 송곳으로 찔렀다고 한다. 하쿠인은 이 이야기를 읽고 새로운 용기를 얻어 선禪 수련을 계속할 수 있었다. 4년 동안 열정적으로 앉아 '개犬도 불성佛性을 가지고 있는가 없는가?'라는 공안公案에 대해 명상하던 끝에 다음과 같이 묘사한 상태를 경험하게 되었다고 한다.

그것은 마치 수천 리에 펼쳐진 빙원水原 위의 결빙結氷과 비교할 수 있다. 나는 내면에서 지극히 투명한 것을 대할 때와 같은 느낌을 받았다. 앞으로 나아감도 뒤로 미끄러짐도 없었다. 나는 바보 천치와 같았고 오직 공안公案 외에는 아무것도 없었다. 선사禪師의 강론에 참석하고 있었는데도 그 강론은 마치 머나먼 곳 어디에선가 벌이고 있는 토론처럼 들렸다. 때때로 나는 허공을 날아다니는 사람처럼 느껴졌다. 이러한 상태로 며칠이 지난 어느 날 저녁, 사원의 종鐘이 울릴 때 모든 것이 뒤집혔다. 그것은 마치 얼음이 담긴 물동이를 내던지는 것 같은, 아니면 옥으로 만들어진 집을 무너뜨리는 것과도 같았다.

갑작스레 깨어난 나는 나 자신이 바로 노선사인 간토였음을 알았고 변화무쌍한 세월의 흐름에도 내 인간성의 어느 한 구석도 상실되지 않았음을 깨달았다. 이전에 가졌던 모든 의심과 우유부단함은 눈 녹듯이 완전히 풀려버렸다. 나는 크게 외쳤다. '얼마나 놀라운가? 이 얼마나 경이스러운 일인가?' 도피해야 할 어떠한 생사生死도 없고 추구해야 할 어떠한 지고의 지식도 없다.

하쿠인은 간토의 비명 때문에 자신이 갈등을 느꼈던 것은, 살아 있는 사람을 보지 못하고 선사禪師는 반드시 이러저러하게 행동해야 한다는 당위성만을 고집한 때문이었다는 사실을 알게 되었다. 이러한 경험에 힘입어 그는 자신이 깨달음蹶을 얻었다는 확신에 이르게 되었다. 사실상 그는 지난 수백 년 동안 아무도 자신만큼 그렇게 심오한 '깨달음'을 얻지는 못했으리라고 스스로 믿고 있었다. 그래서 그가 속한 선가禪家의 선사禪師들을 찾아다니며 그들의 인정을 받고자 노력했다. 그렇지만 그를 인정해주려는 사람은 아무도 없었다. 어쩌면 그는 자신의 깨달음에 관한 경험을 지나치게 떠벌렸는지도 모를 일이었다. 자존심이 상하는 일이었지만 엄한 쇼주 선사 밑에서 수행을 더 하라는 충고를 받게 되었다.

하쿠인이 자신의 깨달음蹶에 관한 이야기를 간직한 채 쇼주 선사에게 당도하자 쇼주는 그에게 "그대의 공안이 무엇을 이루었는지 말해보아라!" 하고 요구했다. 이에 하쿠인은 신이 나서 대답했다. "우주가 사라져버렸습니다. 사라져버렸다고요! 한 조각도 남김 없이 모조리요!"라고 대답했다. 이 말을 마치자마자 쇼주는 하쿠인의 코를 잡고 홱 비틀어댔다. 그러면서 "내가 여기 우주의 한 조각을 가지고 있는데 어쩔래?"라고 웃으며 말했다. 그러고는 이내 하쿠인을 놓아

주며 "우물 안의 개구리처럼 얼빠진 까까중 녀석! 실컷 좋아해봐라" 하며 냅다 욕을 퍼부었다. 스승 밑에서 배우려면 수행자는 스승을 절대적으로 신뢰해야 하는 법, 하쿠인은 쇼주 선사의 퉁명스러운 첫 대면에 그만 기가 죽고 말았다. 그러나 그는 아직도 자기가 위대한 깨달음을 얻었다는 것을 추호도 의심치 않았다.

어느 날 저녁 그는 정자亭子 위에서 바람을 쐬고 있는 쇼주에게 최근에 있었던 자신의 체험에 대해 정중히 털어놓았다. 그러나 이번에도 선사는 "엉터리 같으니라고!" 하며 꾸짖었다. 하쿠인도 재빨리 말을 받으며 냉소적으로 선사를 흉내냈다. "엉터리 같으니라구!" 그러자 쇼주는 벌떡 일어나 하쿠인을 난간 아래로 메다꽂아 넘어뜨렸다. 때는 장마철이어서 가엾은 하쿠인은 온몸에 흙탕물을 뒤집어쓰고 말았다. 그래도 그는 곧 정신을 차리고 일어나 자신에게 "깜깜한 굴속에 갇혀 눈이 먼 놈"이라고 욕지거리를 퍼부어대는 선사에게 깍듯이 머리 숙여 절을 했다.

절망에 빠진 하쿠인은 이제는 쇼주를 떠날 수밖에 없겠다고 생각했다. 그러던 어느 날 그에게 참된 혜안慧眼이 열렸다. 그는 여느 날처럼 시주걸립施主乞粒하기 위해 마을 이곳저곳을 다니다가 어느 집에 이르렀는데 그 집의 노파는 그에게 쌀 한 톨도 주지 않으려 했다. 그는 자신의 문제에 너무 골똘하고 있던 참이라 노파가 거절하는데도 알아듣지 못하고 장승처럼 대문 앞에 우뚝 서 있었다. 이에 화가 치민 노파는 하쿠인이 자기의 말을 무시하고 있다고 생각하고 손에 들고 있던 묵직한 빗자루로 그의 머리를 한 대 후려갈겼다. 이 갑작스러운 일격에 나동그라진 하쿠인이 다시 정신을 차렸을 때 자신의 온갖 집착은 사라지고 모든 것이 선명하고 투명해졌다. 무한한 기쁨에 젖어 선사에게 돌아오니 선사는 그의 상태를 즉시 알아채고 "어찌된 일인지 내게 어서 말해봐라!" 하며 바싹 달라붙었다. 이에 하쿠인이 모든 것을 설명하자 쇼주는 부드럽게 그의 등을 쓸어주며 말했다. "그대는 이제야 깨달았도다. 이제야 깨달았도다!"

쇼주가 하쿠인을 다루던 방법은 잘 알려진 방법이다. 그의 거친 방식은 하쿠인이 자신의 소견에 집착하는 것을 고쳐주기 위해 필요한 것이었다. 하쿠인은 자신의 생각에 집착함으로써 깊은 타성에 빠져 있었던 것이다. 그런 경우에는 어떠한 논지論旨도 통하지 않는다. 그러한 상태에서 벗어나는 유일한 길은 마음 안에 안이하게 거주하고 있는 모든 것을 지워버릴 수 있는 강렬한 내적 운동뿐이다. 하쿠인은 노파의 빗자루에 맞아 나동그라지면서 매우 강한 정신 집중의 정점頂点에 도달해 자신의 집착을 떨쳐버리고 논리적인 사고를 넘어선 이해를 할 수 있게 되었던 것이다. 후에 하쿠인은 거다란 의문이 생겨 이 의문을 풀려는 엄청난 노력이 수반될 경우에 한해서 공안公案은 깨달음으로 인도해줄 수 있다고 가르쳤다.

만일 그대가 하나의 공안公案을 받고 그것을 끊임없이 탐구한다면 그대의 상념들이 사라지고 그대의 자아 욕구는 깨어질 것이다. 이는 어마어마한 심연이 그대 앞에 가로놓여 손발을 디딜 곳 하나 없음과 같다 하겠다. 그대는 죽음에 직면하게 되고 불타오르는 가슴을 느끼게 될 것이다. 그러다 갑자기 그대는 공안公案과 하나가 되어 마침내 몸과 마음이 자유롭게 된다. 이는 자신의 본성을 들여다보는 것이라 알려져 있다. 그대는 사정없이 밀고 나아가야 하며 이와 같은 강력한 집중의 도움으로 자기 본성의 무한한 원천을 관통하는 데에 성공할 것이다.

이제 엄격한 쇼주 선사로부터도 인정을 받았으므로 하쿠인은 그의 고향에 있는 조그만 선원으로 되돌아가기로 결심했다. 그러나 그는 자신이 심각한 신경쇠약증에 걸려 있음을 깨달았다. "나의 용기는 사라졌고 나는 항상 두려워하고 있다. 나는 영적으로 고갈되어 있음을 느끼고 밤낮으로 환각에 빠졌으며 겨드랑이는 항상 땀으로 젖고 늘 눈물이 나곤 했다. 나는 유명한 스승과 의사들에게 진찰을 받고자 백방으로 찾아다녔으나 그들의 온갖 처방도 아무런 소용이 없었다."

그는 산속 깊이 은둔 생활을 하고 있는 하쿠유 선사를 찾아보라는 권고를 받았다. 오랜 시간의 힘든 산행 끝에 하쿠인은 마침내 부드러운 풀이 덮여 있고 갈대로 입구를 가린 동굴 안에서 명상에 잠겨 있는 선사를 찾아냈다. 선사는 그의 상태를 즉시 알아챘다. 그것은 바로 선병禪病이라고 불리는 것이며, 이는 진리에 너무 집착한 나머지 적절한 정신적 활동을 진전시키는 생명의 리듬을 상실한 데에서 온 것이라고 말했다. 그는 하쿠인에게 모든 의심을 버리고 육체를 통해, 특히 배꼽 아래에 위치하고 있는 모든 감각의 중심인 단전丹田을 통해 명상하도록 충고했다. 그는 머리끝에서 발끝까지 샅샅이 씻어내리고 하반신을 뜨거운 열로 채우게 하는 정교한 수치료법水治療法을 가르쳐 주었다. 하쿠인은 매사에 그래왔듯이, 이번에도 심혈을 기울여 이 심리 물리적 요법을 실행했고 마침내 그의 정신에서 스트레스를 제거함으로써 완전히 회복했다.

그때부터 하쿠인은 무엇에 대해서든 결코 의심하거나 뒤돌아보지 않았다. 그의 '깨달음睾'은 더욱 심오해졌고, 자신의 손으로 직접 재건한 고향의 작은 선원에서 제자들을 가르치기 시작했다. 그는 제자들에게 여러 등급의 공안들을 통해 자기 이해를 깊게 하라고 가르치면서, 스스로 많은 공안을 만들어냈는데 그중 가장 유명한 것이 바로

"한 손으로만 손뼉을 치면 무슨 소리가 나는가?"였다.

지혜의 눈이 열리면 제자들은 이것을 하나의 새로운 시작으로 여기고 더욱 깊은 명상에 들어가 삶의 실재에 대해 계속 궁구窮究하도록 배웠다. 이에 대해 하쿠인은 다음과 같이 말하고 있다.

> 만일 누가 내게 이러한 명상의 정신이 무엇이냐고 묻는다면, 나는 그것은 항상 정성을 다해 자비로운 연민의 마음을 가지는 것이라고 대답하겠다. 말을 할 때나 글을 쓸 때나, 움직일 때나 쉴 때나, 행복할 때나, 명예로울 때나 불명예스러울 때를 막론하고, 또 득실과 옳고 그름을 떠나서 항상 이러한 정성스러운 마음을 가지는 것이 바로 명상의 정신이다. 이러한 모든 것을 하나로 묶어 그대의 에너지를 바위와 같은 힘으로 배꼽과 하복부 아래에 있는 단전丹田으로 집중시키는 것, 이것이 바로 명상의 정신이다.
>
> 그대가 만일 이러한 정신을 지니면 바로 그 사실에 의해 그대가 차고 있는 쌍날 선 검劍은 곧 언제나 그대 앞에 놓여 있는 명상 탁자가 되어줄 것이다. 그대가 말을 타고 달릴 때 깔고 앉는 안장은 곧 명상 방석이 되어줄 것이며, 언덕과 강, 평야 자체가 바로 그대가 명상하는 마루가 되어줄 것이다. 세계의 사방四方과 시방十方이 모두 명상처로서의 위대한 동굴이 되어줄 것이다. 곧 모든 것이 진

실로 그대 자신의 실재를 구성하는 소재가 되어줄 것이다.

하쿠인은 선禪 수련을 체계화한 최초의 선사였다. 마음가짐에 대한 그의 충고는 매우 간결하고 직접적이어서 마치 자녀들에게 이야기하는 어머니의 그것과 같다고 해야 할 것이다.

선 수련을 위해서는 기본적으로 필요한 세 가지 요인이 있다. 첫째는 뿌리 깊은 신념이며, 둘째는 커다란 의문疑問이며, 셋째는 목적을 이루고자 하는 집요한 끈기다. 이들 가운데 어떤 하나라도 결여한 사람은 마치 다리 하나가 부러진 세발 탕관三足湯罐과 같다.
신념의 뿌리란 무엇을 말하는가? 그것은 모든 사람이 자신의 고유한 본성을 가지고 있어서 그것을 통해 통찰력을 얻을 수 있다는 신념, 그리고 완벽하게 관통될 수 있는 근본 원리가 있다는 신념을 말한다. 그러나 비록 이와 같은 신실한 신념을 가지고 있는 사람이라 할지라도 그가 이해하기 힘든 공안에 대해 강한 의문을 품지 않는다면 그는 공안의 밑바닥에 도달할 수가 없고, 모든 것을 완전히 관통할 수가 없다. 그리고 이러한 의문을 품고 있다고 할지라도 그 의문을 해결하고자 하는 집요한 목적과 의도가 없다면 궁극적으로 의문은 풀리지 않을 것이다.

선禪 수련은 불을 지피기 위해 나무를 자르는 것과 같다. 가장 지혜로운 지름길은 중단 없이 계속 밀고 나가는 것이다. 만일 그대가 이제 막 불이 붙어 연기가 피어나고 불꽃이 날 때 멈추어버린다면 아무리 많은 나무를 잘랐다 할지라도 결코 타오르는 불꽃은 볼 수 없을 것이다.

나의 고향은 바닷가에서 겨우 백여 보밖에 떨어지지 않은 곳에 있었다. 마을의 어떤 사람이 바닷물의 맛을 알고 싶어 한다고 가정해 보자. 만일 그가 겨우 몇 발자국 내디딘 후 다시 되돌아오거나 또는 백보를 내디뎠다 할지라도 결국 되돌아선다면 그가 어떻게 바닷물의 짭짤하고 상큼한 맛을 알 수 있겠는가? 그러나 아무리 먼 곳에서 온다고 할지라도 중단 없이 계속 길을 걷는다면 언젠가 바닷가에 도착할 수 있을 것이고, 손가락 끝에 바닷물을 찍어 핥아보는 순간 그것을 통해 세계의 모든 바닷물 맛을 즉시 알게 될 것이다.

스즈키 슌류(鈴木俊隆) 일본의 승려, 1905~1971년

스즈키^{鈴木}는 도겐^{道元}에 의해 창시된 소토젠^{曹洞禪}의 문하생이었다. 그의 수제자이며 후계자인 리처드 베이커^{Richard Baker}는, 스즈키가 소토젠의 어느 선사^{禪師}의 아들이었으며―소토젠 선사들은 종종 결혼을 한다―소년 시절에 당시 유명한 소토젠 선사였고 스즈키 부친의 제자였던 기오쿠준 문하에서 선 수업을 시작했다고 말한다. 하지만 스즈키가 1958년 미국으로 가기 전까지의 그의 생활에 대해서는 알려진 것이 거의 없다. 30세쯤 되었을 때―선^禪의 기준에서 보면 이른 시기다―스즈키는 선사로부터 인정을 받고 많은 선원^{禪院}을 맡게 되었다. 소토젠의 본질은 비폭력적인 것이었으며, 제2차 세계대전 중에 스즈키는 당시 일본 내에서 용납되기 힘들었던 평화주의 운동의 지도자가 되었다.

1958년 그는 샌프란시스코의 일본 소토젠 책임자로 초청을 받았다. 처음에는 1~2년 정도만 머무를 생각이었으나, 그곳이 참된 제자를 기를 수 있는 토양임을 발견하고 계속 남아 있기로 결심했다. 그는 선에 대한 미국인들의 정신을 입문자^{入門者}의 정신이라고 불렀다.

그는 미국인들이 선^禪에 대해 선입견 없는 개방성을 지니고 있으며, 선禪이야말로 자신들의 삶을 심오하게 고양시켜줄 수 있으리라는 기대와 신뢰를 가지고 있다고 느꼈다. 그가 도착한 지 얼마 안 되어 일단의 미국인들이 그를 따르게 되어 샌프란시스코에 선禪 센터가 설립되었는데, 그곳에는 60여 명의 문하생이 생활할 수 있고, 그 이상의 많은 인원이 날마다 수련에 참여할 수 있었다. 그 후 타사자라 스프링스Tassajara Springs에 선산禪山 센터가 설립되어 아시아 이외의 지역에서는 최초의 선가禪家가 형성되었다.

이 부분을 집필하는 데 많은 참고가 된 《선 정신, 초심자의 정신Zen Mind, Beginner's Mind》은 스즈키의 일상적인 가르침을 편찬 간행한 것인데, 처음으로 선禪을 접하는 사람들에게 많은 도움이 된다. 그는 자신의 가르침을 세 가지로 분류한다. 바른 수행, 바른 태도, 바른 이해가 그것이다. 이 순서를 뒤집어놓으면 린자이젠臨濟禪의 경우에도 그대로 적용할 수 있다. 단지 차이점이 있다면 무엇을 특히 강조하였느냐 하는 점뿐이다.

그렇다면 초심자의 참된 정신은 무엇인가? 자아가 망각되고, 세계가 선명해지며, 외경에 찬 것으로 보이는 체험이나 섬광처럼 스쳐가는 경이로움과 잊을 수 없는 환희의 체험을 받아들였던 많은 사람이 있다. 이러한 체험의 근원은 손톱만큼의 작은 것일 수도 있고, 바다 위에 잠기는 낙조만큼이나 장엄한 것일 수도 있다. 경우야 어떻든 그 매혹에 굴복되면 누구나 스즈키가 일컫는 '원초적 마음', 즉 분리되지 않은 총체적 마음을 얼핏 보게 된다고 한다.

'초심자의 정신'은 바로 이와 같은 원초적 마음의 초월적인 무한성에 가깝다. 왜냐하면 초심자의 정신은 이미 형성되어 있는 판단으로 가득 차 있는 것이 아니라, 열려 있고 깨어 있으며 놀랍도록 비워져 있어서 모든 가능성을 수용할 수 있기 때문이다. 영국의 신비주의자인 토머스 트러헌^{Thomas Traherne}은 초심자의 순수한 기쁨을 다음과 같이 기술한 적이 있다.

> 그대는 결코 세계를 즐기지 못할 것이다. 바다 자체가 그대의 혈관 안으로 흘러 들어오고, 그대가 하늘의 옷을 입고 별들의 왕관을 쓰며, 그대 자신이 전 우주의 유일한 상속자임을 깨닫기 전까지는. 어디 그뿐이랴, 그보다 더한 것을 깨달아야 할지니.
> 세상의 모든 사람이 다 그대처럼 유일한 상속자일진대. 마치 수전노들이 황금에 미치듯이, 또는 왕^王이 왕권에 미치듯이 당신이 신^神을 노래하고 찬미하며 환호하지 않는 한 그대는 세계를 즐기지 못할 것이다.

스즈키는 초심자가 된다는 것이 곧 삶이 참된 비밀이라고 시석한다. 우리가 아무리 많은 것을 알고 이해하고 성취한다고 할지라도 언제나 다시 맨 처음의 초심자의 자세, 곧 빛나는 무명無明을 회복하는 것이야말로 반드시 필요하다는 것이다. 스즈키는 이것을 '바른 수행'의 요체라고 말한다. 이것이 스즈키의 가르침의 첫 번째 주제다. 그렇다면 우리는 어떻게 선을 수행하는가?

이제 나는 좌선 자세에 대해 말하고 싶다. 결가부좌에서 당신은 왼발을 오른쪽 허벅다리 위에 놓고 오른발을 왼쪽 허벅다리에 놓는다. 이렇게 다리를 교차시킴으로써 오른발과 왼발이 하나가 된다. 이 자세는 이원성의 일원적 성격을 표현한다. 둘도 아니고 하나도 아니다. 이것이 가장 중요한 교의다.

둘도 아니고 하나도 아닌 것, 우리의 몸과 마음은 서로 다른 독립적인 두 개도 아니고 그렇다고 하나도 아니다. 만일 당신이 당신의 몸과 마음을 서로 다른 두 개라고 생각한다면 그것은 잘못된 생각이다. 또한 그것이 하나라고 생각해도 잘못된 것이다. 우리의 몸과 마음은 두 개이며 동시에 하나다. 우리는 통상 어떤 것이 하나가 아니면 그것은 하나 이상일 것이라고 생각한다. 곧 어떤 것이 단수單數가 아니면 복수復數라 일컫는다. 하지만 실제의 경험 세계에서 우리의 삶은 단수일 뿐만 아니라 또한 복수이기도 하다.

우리 각자는 독립적인 동시에 의존적이기도 하다.

시간이 지나면 우리는 죽는다. 만일 우리의 죽음이 곧 삶의 종말이라고 생각한다면 이는 잘못된 이해다. 한편 우리가 죽지 않는다고 생각한다면 그것 역시 잘못된 생각이다. 우리는 죽는다. 그리고 또한 죽지 않는다. 이것이 바른 이해다. 결가부좌의 자세는 바로 이와 같은 진리를 상징하고 있다. 왼발을 내 몸의 오른쪽에 두고 오른발을 왼쪽에 둘 때, 나는 어느 쪽이 어느 쪽인지를 알지 못하므로 어느 것이든 왼쪽이나 오른쪽이 될 수 있다.

스즈키는 계속해서 등은 곧게 펴고, 귀와 어깨가 동일선상에 놓이게 하며 턱은 마치 머리로 하늘을 지탱할 것처럼 안으로 끌어당기라고 말한다. 이와 같은 단좌端坐가 바로 불자佛子로서의 온전한 존재 상태로 들어가기 위한 자세라고 한다. 그리고 여기에 바른 마음과 몸이 있게 된다는 것이다. 그 순간에는 아무것도 추구할 것이 없고 얻을 것도 없으며, 그저 다만 있는 그 자리에서 존재할 뿐이다.

이 자세는 온전한 마음 상태를 얻으려는 수단이 아니다. 이러한 자세를 취하는 그 자체가 바른 마음의 상태다. 다른 특별한 마음의 상태를 구할 필요는 없으며, 가장 중요한 것은 그대 자신의 육체를 소유하는 것이다. 만일 그대가 슬럼프에 빠지게 되면, 그대는 자기를 잃고 그대의 마음은 이리저리 방황하게 될 것인즉, 이때 그대는 그대의 몸 안에 존재하지 않을 것이다. 그리되면 안 될 것인즉, 우리는 여기 바로 지금 존재해야만 한다! 이것이 좌선의 요체다. 그대는 그대 자신의 몸과 마음을 가져야만 한다. 모든 것은 적절한 곳에 적절한 방식으로 존재해야 한다. 그러면 문제가 없다. 우리가 우리의 몸과 마음을 질서지우면 그 밖의 모든 것도 바른 장소에 바른 방식으로 존재하게 될 것이다.

정신의 현존現存에 중요한 관건은 적절한 호흡이다. 우리가 좌선을 수행할 때 우리의 마음은 항상 호흡을 따라간다. 숨을 들이마시면 공기는 내면세계로 들어오고, 숨을 내쉬면 공기는 외부세계로 나온다. 내면세계는 무한하며 외부세계 또한 무한하다. 여기서 '내면세계' 또는 '외부세계'라고 말은 하지만 실제로는 하나의 총체적인 세계가 있을 따름이다. 이 무한한 세계에서 우리의 인후咽喉는 하나의 회전문과도 같다. 그대가 '나는 숨 쉰다'라고 생각할 때의 '나我'는 참된 내가 아니다. '나'라고 말하는 그대는 없다. 우리가 '나'라고 부를 때의 '나'는 숨을 들이쉬고 내쉴 때 움직이는 회전문일 따름이다. 그것은 그저 움직일 따름이다. 그것이 전부다. 그대의 마음이 매우 순수하고 고요해서 이 운동을 좇아간다 할지라도 거기에는 아무것도 없다. '나'도 '세계'도 몸도 마음도 아무 것도 없다. 오직 회전문만이 있을 따름이다.

스즈키는 이와 같은 회전문의 운동이 이기적인 자아 의식이 아닌, 우주의 본성 또는 불성佛性의 의식을 가져온다고 설명한다. 이 의식 안에서 우리가 삶이라고 여기는 일상적인 이원론적 방식들이— 좋은 때와 나쁜 때, 이것과 저것, 나와 너— 참으로 있는 그대로의 그것들로 보이기 시작한다는 것이다. 여기서 있는 그대로의 방식이란 분리할 수 없는 존재의 표현 방식을 뜻한다. '너'는 이인칭의 형식으로 우주를 인식한다는 것을 의미하며, '나'는 일인칭의 형식으로 우주를 인식한다는 것을 의미한다. 너와 나는 그저 회전문일 따름이다. 이러한 식의 이해가 필요하다. 이는 사실 이해라는 말로 불려서도 안 된다. 그것은 곧 선禪 수행을 통한 진정한 삶의 경험이기 때문이다.

우리는 이름 붙여진 명칭의 힘에 짓눌리고 있다. 그것은 우리가 피상적인 삶을 살면서 깊은 이해에 도달하지 못했기 때문이다. 명칭은 단순히 인간이 고안해낸 것이어서 영속적인 것이 아님에도 명칭을 대상 그 자체라고 믿고 있다. 명칭은 나누고 분리시킨다. 반면 많은 이름 뒤에 있는 하나의 존재를 인식하게 해주는 '회전문의 의식'

은 모으고 통합한다. "한밤중과 대낮은 다르지 않다. 똑같은 것이 때로는 한밤중으로 불리고 때로는 대낮이라고 불린다. 그것들은 하나다."

그러나 마치 그것이 하나의 사물인양 일원성에 집착해서는 안 된다. 하나라는 의미는 여러 가지로—이를테면 모래알 하나하나, 풀잎 하나하나처럼—변형되어 표출된다. 좌선에서 자기 자신 안에 정주할 때, 이와 같은 다양한 변형을 보다 깊이 이해함으로써 복합적인 삶의 장면들이 새롭게 인식될 수 있다. 이러한 관점이 곧 두 번째 주제인 '바른 태도'에 해당된다.

물론 우리가 무엇을 행하든지 그것은 참된 본성의 표현이지만 이와 같은 수행 없이 본성을 깨닫기는 힘들다. 인간적인 본성은 활동적이고 모든 존재의 본질이 된다. 살아 있는 한 우리는 늘 무엇인가를 행한다. 그러나 그대가 '나는 이것을 하고 있다'라든가 '나는 이것을 해야만 한다' 또는 '나는 무언가 특별한 것을 획득해야만 한다'라고 생각하는 한, 그대는 실제로는 아무것도 하고 있지 않는 것이다. 그대가 모든 것을 포기하고 더 이상 아무것도 원하지 않을 때, 또는 무언가 특별한 것을 행하려고 노력하지 않을 때 당신은 비로소 무언가를 하고 있는 것이다. 행함에 있어 획득이라는 관념이 들어 있지 않을 때, 그때야 비로소 당신은 무언가를 행하고 있는 것이다.

그러나 부엌에서 밥을 짓거나 버스를 탈 때조차 어떻게 항상 그러한 태도를 견지할 수 있을까? 버스를 타든지 또는 놓치든지간에 다음 버스를 기다리는 순간들이 자체의 특정한 실제성을 가지고 있는 것이지, 그것이 우리의 인내를 실험하는 대상이 아니라는 점을 용납할 수 있다면, 우리의 내면적 감정은 똑같을 것이다. 이는 반감이나 혐오감과 같은 감정을 피하도록 노력해야 한다는 것을 의미하지는 않는다. 도겐道元은 "비록 모든 것이 불성佛性을 가지고 있지만, 우리는 꽃을 사랑하고 잡초는 돌보지 않게 된다"라고 말한다.

세 번째 주제인 '바른 이해'에서 스즈키는 아름다움을 사랑하는 것과 추함을 싫어하는 것은 인간에게는 자연스러운 것이며, 그것은 이른바 '불타의 활동'이라고 말한다. 이 사실을 깨닫게 되면, 사랑을 느낄 때 우리는 그것을 보다 자유로우면서도 집착을 초월한 개인적 감성으로써 임할 수 있게 된다. "우리는 사랑에만 매달려서는 안 된다. 증오도 수용해야만 한다. 우리가 잡초에 대해 어떻게 느끼든지 잡초도 용납해야 한다. 만일 당신이 잡초를 좋아하지 않는다면 잡초를 사랑하지 말라. 만일 당신이 잡초를 사랑한다면 잡초를 사랑하라."

모든 것을 있는 그대로의 독자적인 존재로 받아들이는 이러한 활동을 통해 우리 삶의 문제들이 풀리기 시작한다. 문제란 대개 우리가 하나의 특별한 관점만을 고집하기 때문에 생기는 것이다. 그러나 각각의 순간이 그 자체로 완전히 참되고 조화롭다는 사실을 깨닫게 되면 사물과 사건들이 하나로 일치되는 감정을 느낄 수 있게 된다.

이와 같은 경험은 우리의 사고를 넘어선 것이다. 사고의 영역 안에서는 일원성과 다양함 간에 차이가 존재한다. 그러나 실제의 경험 세계에서 다양성과 통일성은 같다. 그대는 통일성이라든가 다양성이라는 관념을 만듦으로 해서 그 관념에 묶이고 만다. 그리고 실제로는 생각할 필요가 없음에도 끊임없이 계속 생각할 수밖에 없게 된다.

숭산(崇山) 한국의 조계종 승려, 1927~2004년

숭산崇山은 지금의 북한 땅인 선천에서 태어났다. 그의 부모는 신교도였다. 선사禪師의 말과 서간, 대화 등을 편찬 간행한 《불타 위에 떨어지는 재》의 편자이자 그의 제자인 스티븐 미첼Stephen Mitchell은 한국이 일본의 무단 통치하에 있을 때 선사가 지하 독립 운동에 가담했다가 붙잡혀 죽을 뻔한 적이 있다고 말한다. 징역 선고를 받은 선사와 두 명의 동지는 자유 대한 독립군에 가입하기를 희망하여 중국으로 탈출을 시도했으나 성공하지 못했다고 한다. 전후에 선사는 남한에서 대학을 다니며 서양 철학을 공부했다. 그러나 당시 남한의 정치 사회적 상황은 점차로 악화되었다. 어느 날 선사는 정치나 학문의 방법으로는 사람들에게 유익을 줄 수 없다고 생각하여 대학을 떠나 절대 진리를 발견하기 전에는 결코 돌아오지 않으리라 맹세하고는 머리를 깎고 산으로 들어갔다.

조그만 산사山寺에 있는 한 승려가 그에게 《금강경金剛經》을 읽으라고 주면서 불교에 대해 소개해주었다. 《금강경》에서 "세상에 나타나 있는 모든 것은 무상하다. 만일 그대가 드러나 있는 모든 현상을 전혀 나타나지 않았던 것으로 본다면 그대는 진정한 자신을 깨달을 것이다"라는 글귀를 읽었을 때 선사의 마음이 밝아졌다. 그리고 그는 1948년에 불교 승려로 봉인받았다.

《금강경》에 담긴 진리를 이해한 후 그는 완전한 깨달음에 도달하기 위해서 수행을 해야 할 필요가 있음을 느끼고 완전한 해탈의 산이라는 뜻을 지닌 원각산圓覺山에 가서 백일기도를 시작했다. 가루로 빻은 솔잎으로 연명하면서 날마다 수차례의 냉수마찰과 스무 시간의 음송吟誦을 하던 어느 날, 그는 자신이 왜 그와 같은 고행을 해야만 하는가에 대해 매우 강렬한 의문을 품게 되었다. 그는 가족들과 함께 조그만 사원에서 조용하고 행복하게 살며 점차 깨달음을 얻는다는 일본 소토젠曹洞禪 승려들을 부럽게 생각했다. 어느 날 밤 그는 보따리를 싸서 떠나리라고 마음먹었다. 그러나 다음 날 아침 수행의 의지가 다시 강해져서 행낭을 풀었다. 다음 주 내내 그는 아홉 번이나 짐을 꾸렸다가 다시 풀곤 했다.

얼마 후 그는 아름답고도 전율적인 환상을 보기 시작했다. 백 일째 되던 날 그가 옥외에 좌정하여 목탁을 두드리며 음송을 하고 있을 때, 그의 육신이 사라지고 그는 무한한 공간 안에 있었다. 그는 멀리서 울리는 목탁 소리와 자신의 음성을 들을 수 있었다. 그는 얼마 동안 이러한 상태에 빠져 있었다. 그의 정신이 자신의 몸으로 다시 되돌아왔을 때 그는 깨달음을 얻었다. 바위와 강 등 그가 볼 수 있는 모든 것과 그가 들을 수 있는 모든 것이 자신의 참된 자아임을 깨달았다. 모든 것은 바로 있는 그대로다. 진리는 이와 같다.

그는 하산하여 한국에서 가장 엄하고 위대하다는 고봉 선사에게 가서 수련의 길에 대해 물었다. 고봉이 입을 열어 "한번은 어떤 승려가 조주趙州 선사에게 보리달마가 왜 중국으로 왔느냐고 물은 적이 있었다. 그러자 조주는 '앞뜰에 있는 소나무'라고 대답했지. 이것이 무엇을 의미하는지 알겠는고?" 하고 물어왔다. 숭산은 그 공안은 이해했으나 어떻게 대답해야 할런지를 몰랐다. 그가 모르겠다고 대답하자, 고봉은 "모르겠다는 그 마음만을 유지하라. 그것이 참된 선禪 수련이다"라고 말했다.

그해 여름 내내 숭산은 야외에서 일을 했고, 가을이 되자 100일간의 명상 수련회에 참가하기 위해 수덕사로 갔다. 그는 그곳에서 소나기처럼 말을 퍼붓고 논쟁을 하는 선禪의 언어를 배웠다.

그 후 그는 거친 기행奇行으로 유명한 춘송 선사에게 가서 자신의 '깨달음'을 시험받았다. 그는 춘송에게 절하며 "저는 과거, 현재, 미래의 모든 불타를 죽였습니다. 당신은 무엇을 할 수 있습니까?"라고 물었다. 그러자 춘송은 "아하!"라고 답하며 숭산의 눈을 깊이 응시하고는 "그것이 전부인가?"라고 물었다. 이에 숭산이 "창밖의 나무 위에서 울고 있는 뻐꾸기 한 마리가 있습니다"라고 말하자, 춘송은 다시 웃으며 "아하!" 하고 응수했다. 이어서 몇 개의 질문에 대해 숭산이 손쉽게 응답하자 춘송은 기쁨에 차 외쳤다. "그대는 깨달음을 얻었노라! 그대는 해탈하였노라!"

100일간의 집회가 끝난 후 숭산은 그의 처음 스승인 고봉을 다시 찾아갔다. 도중에 그는 겸봉 선사와 겸오 선사로부터 두 차례나 더 자신의 깨달음에 대한 인정을 받았다.

그가 고봉의 절에 도착했을 때 고봉은 그에게 1,700여 개나 되는 전통적인 공안 중에서 가장 어려운 공안 몇을 골라 물었다. 숭산이 지체 않고 대답하자, 고봉은 "좋아, 마지막 질문이다. 쥐가 고양이의 먹이를 먹는다. 그런데 고양이의 사발이 깨졌다. 이는 무엇을 의미하는가?"라고 물었다. 숭산이 "하늘은 푸르고 잔디는 초록색입니다"라고 대답하자, 고봉은 머리를 저으며 아니라고 말했다.

숭산은 이전에 공안에 대해 결코 틀려본 적이 없었으므로 자신이 지금 잘못 대답했다는 것을 믿을 수 없었다. 그가 '이러이러하다'라고 대답하면 고봉은 머리를 흔들며 아니라고 말할 뿐이었다. 마침내 숭산이 "세 분의 선사께서 저를 인정하였습니다. 왜 스승님께서는 제가 틀렸다고만 말씀하시는 거지요?"라고 소리쳤다. 그러자 고봉은 그저 "그것이 무엇을 의미하는지 말해봐"라고 말하는 것이었다. 50여 분간의 적막이 흐른 뒤에 숭산은 갑자기 깨달았으니, 대답은 "바로 이와 같은 것"이라 말했다. 기쁨에 찬 고봉이 숭산을 껴안으며 "그대 는 꽃이고 나는 벌이로다"라고 말했다.

1949년 1월 25일, 숭산은 고봉으로부터 후계자로 봉인받았다. 이 로써 숭산은 제78조가 되었다. 의식이 끝난 뒤 고봉은 숭산에게 "차 후 3년간 그대는 침묵해야만 한다. 이제 그대는 자유인이다. 우리는 500년 안에 다시 만날 것이다"라고 말했다. 당시 숭산의 나이 22세 였다.

한국의 선禪은 현대 일본의 선禪보다도 더 본래 중국의 선禪에 가깝 다. 예를 들어 한국의 선은 린자이젠臨濟宗이나 소토젠曹洞宗에서 갈라진 것이 아니며, 대체로 일본의 선禪과는 다른 수련 방식을 포괄하고 있 다. 대부분의 한국 승단에서 승려들은 겨울이나 여름 집회의 3개월 간은 좌선을 수행하며—결가부좌 또는 반가부좌라기보다는 단순히 책상다리로—다른 6개월간은 자유롭게 여러 절을 찾아다니며 수련 한다. 한 달에 한두 번 정도 스승과의 공식적인 담론을 나누지만, 그 것은 정규적인 면담은 아니다. 어떤 승려가 깨달음을 얻게 되면 그는 스승에게 그 깨달음을 확인 받고 시험 받으러 간다. 그 외에는 특별히 스승에게 갈 이유가 없다. 일반적으로 한국에서는 일본에서보다 한결 개인적인 장기간의 수련이 행해지고 있다. 승려들은 100일, 1,000일 또는 5년 동안 암자에 은둔한다. 무엇을 깨닫고 난 후에야 그들은 스승에게 되돌아온다. 그 밖에도 제자는 세 명의 다른 선사들의 인정을 받아야 한다. (또는 최소한 강력한 지지를 받아야 한다.)

숭산은 주로 중국과 한국에서 있었던 많은 전통적인 공안을 사용한다. 그러나 그는 어떤 형식이나 전통에—선이든 아니든 간에—집착하지 않고 있다. 예를 들어 그는 캘리포니아에서의 사흘간의 집회에서 수행자들로 하여금 북이나 탬버린, 냄비, 목탁, 종이나 기타 도구를 두드리며 날마다 여덟 시간씩 힘이 많이 드는 음송을 하도록 했다. 30여 명의 수련자들이 가슴에서부터 울려나오는 음송을 수 시간 동안 계속했다. 이것은 캘리포니아에서의 집회를 위해서 숭산이 고안해낸 것이다. 이를 통해 좌선을 해 본 경험이 없거나 선 집회에 참석하여 참된 깨달음의 체험을 전혀 해 보지 못한 많은 사람이 깊은 환희와 하나로 일치하는 마음에 취할 수 있었다.

숭산은 그의 수련에서 특히 '나는 누구인가?'라는 공안이나 호흡명상법이 너무 어렵다고 생각하는 수련생들을 위해 많은 성음聖音: mantra 음송을 사용한다. 이들은 대개 동요하는 정신의 소유자들(특히 심리학자들이나 철학자들)이나 또는 매우 감정적인 사람들(대개는 여성들)과 같은 지성인들이다. 그러나 결국에는 만트라^{mantra, 聖音} 명상은 공안 명상이나 '지관타좌^{只管打坐}'와 별반 다르지 않은 것으로 여겨진다. 기술은 서로 다르지만 그들 모두가 우리를 무지심^{無知心, 無明}으로 이끌어간다는 점에서는 같다. 개개의 기술은 하나의 강둑과 같다. 사람들은 강둑에 서서 강물의 흐름을 지켜보되 굴러떨어지거나 그 흐름에 휩쓸려가지 않는다. 아무것도 고집할 것이 없고 맞설 상대가 없어질 때까지.

숭산의 주된 가르침은 일상을 통해 항상 청정한 마음을 유지하라는 것이다. "일상^{日常}의 마음은 오솔길이다." 그는 일본의 선^禪을 답습한 많은 수련생이 지나치게 좌선^{坐禪}에 집착하여 명상과 일반 다른 활동들을 구별하게 되었다고 생각했다. 그래서 그의 가까운 제자들은 늘 엄격한 좌선 수행을 하면서도 기술과 육체적인 좌선은 중요하지 않다는 가르침을 받는다. 중요한 것은 바로 이 순간 당신이 어떻게 당신의 마음을 지키느냐 하는 것이다.

숭산 선사와의 대화

제자 선禪이 무엇입니까?

숭산 자네는 무엇인가?

제자 …….

숭산 알 것 같은가?

제자 모르겠습니다.

숭산 모른다는 마음이 바로 자네일세. 선禪은 자네 자신을 이해하는
　　　것이지.

제자 그게 선禪의 모두입니까?

숭산 그것으로 충분치 않은가?

제자 제 말은 선사禪師라면 어떤 궁극적인 이해나 깨달음이 있어야 하
　　　고, 그래야만 선사가 되는 게 아니냐는 뜻입니다.

숭산 무릇 이해한다는 것은 이해하는 것이 아니네. 자네는 무엇을 이
　　　해하고 있는가? 내게 보여주게!

제자 …….

숭산 좋다. 그럼 하나에 둘을 더하면 얼마인가?

제자 셋입니다.

숭산 바로 맞힌 것 같군. 그럼 하늘은 무슨 색인가?

제자 푸른색입니다.

숭산 좋았어. 진리란 아주 간단한 것이지. 그렇지? 그러나 자네의 마음은 복잡해. 자네는 너무 많이 이해하고 있단 말이야. 그러니 대답을 할 수 없었던 거지. 그러나 자네는 한 가지를 이해하지 못하고 있어.

제자 그게 뭡니까?

숭산 하나에 둘을 더하면 영零이지.

제자 어떻게 그렇게 됩니까?

숭산 누가 나에게 사과를 한 개 준다고 해 보자. 내가 그걸 먹었더니 그가 나에게 사과를 두 개 더 주었지. 그것들도 먹어버렸더니. 사과가 죄다 없어진 거지. 그러니 하나 더하기 둘은 영이지.

제자 흐~음.

숭산 이걸 알아야 하네. 자네가 태어나기 전에는 자네도 아무것도 아니었지. 이제 자네는 하나일세. 미래에 자네도 죽을 터인데 그렇게 되면 다시 영이 되는 거지. 우주의 삼라만상이 이와 같네. 빈 것空에서 나와서 빈 것으로 돌아간다. 그러니 영零은 하나와 같고, 하나는 영과 같은 것이지.

제자 알겠습니다.

숭산 학교에서는 하나 더하기 둘은 셋이라고 가르치지. 우리 선원^{禪院}에서는 초심자에게 하나 더하기 둘은 영이라고 가르치네. 어느 게 맞는가?

제자 둘 다 맞습니다.

숭산 '둘 다'라고 했나? 나는 '둘 다 아니'라고 하지.

제자 어째서 그렇죠?

숭산 자네가 말한 것처럼 '둘 다' 맞는다면 우주선^{宇宙船}이 어떻게 달에 갈 수 있겠나? 하나 더하기 둘이 셋이 될 때에만 우주선은 달에 갈 수 있는 거지. 그러나 하나 더하기 둘이 영이라면 우주선은 날아가는 도중에 사라질 게야. 그러니 '둘 다 아니'라는 말이 옳은 게지.

제자 그럼 무엇이 맞는 대답이 되는 거지요?

숭산 '둘 다'라고 하는 게 틀렸다고 하면 자네가 난처해지겠지. 그리고 '둘 다 아니'라는 게 틀리다고 하면 내 입장이 난처해지겠지? '빈 것은 형식'을 말하지. 이것은 하나는 영과 같고, 영은 하나와 같다는 걸 의미하네. 그런데 누가 형식^形을 만들지? 누가 빈 것^空을 만들지? 형식과 빈 것은 둘 다 개념이야. 너의 생각이 개념들을 만들어내는 것이야. 데카르트는 '나는 생각한다, 그러므로 존재한다'고 말했지. 그러나 내가 생각을 하지 않는다면 어떻게 되지? 생각하기 전에는 자네도 없고 나도 없고, 형식도 빈 것도 없고, 옳고 그름도 없는 것이지. 그러므로 형식도 없고 빈 것도 없다는 말도 잘못된 말이지. 생각하기 전 진짜 비어 있을 때 자네는 '맑은 마음'을 지니는 거야. 만물은 있는 그대로의 모습이야. 형식은 형식이고, 빈 것은 빈 것이지色卽是色空卽是空.

제자 글쎄요, 아직도 잘 모르겠습니다.

숭산 이해하려고 한다면 이미 그것부터가 잘못이야. 곧장 앞으로만 가면서 모른다는 마음을 간직하게. 그러면 모든 걸 이해하게 될 게야.

제자 깨달음이란 무엇입니까?

숭산 깨달음이란 하나의 명사에 지나지 않는다네. 자네가 깨닫게 되어야 깨달음이라는 게 있게 되지. 그러나 깨달음이 존재하면 무지라는 것도 존재하게 돼. 선과 악, 옳고 그름, 깨달음과 무지, 이러한 것들은 모두 반대되는 것들이지. 모든 상반되는 것들은 바로 자네의 생각이란 말일세. 진리는 생각과 반대되는 것들을 넘어서는 절대라네. 자네가 무언가를 만들면 자넨 무언가를 얻을 게야. 그러나 자네가 아무것도 만들지 않으면 자네는 모든 것을 얻게 될 걸세.

제자 깨달음이라는 게 정말로 명사에 지나지 않습니까? 선사禪師는 선사가 되기 위해 깨달음의 경험에 도달해야 하는 게 아닙니까?

숭산 《반야심경般若心經》에서는 얻어야 할 것이 하나도 없다고 하지 않던가? 깨달음이 얻어지거나 도달해야 하는 것이라면 그건 깨달음이 아닐세.

제자 그러면 누구나 깨닫고 있다는 말입니까?

숭산 얻지 않는다는 말을 아는가?

제자 모르겠습니다.

숭산 얻지 않는 게 얻는 것이라네. 자네는 얻지 않는 것을 얻어야 하네. 그러면 얻는다는 게 무엇인가? 뭘 얻어야 할 게 있다는 말인가?

제자 빈 것空을 말합니까?

숭산 진짜 빈 것 속에는 명사도 형식도 없다네. 그러므로 얻을 게 없다는 말이네. 자네가 '나는 정말 빈 것空을 얻었다거나 도달했다'고 말한다면 잘못 말하는 것일세.

제자 이제 알 것도 같습니다. 제가 있다는 것을 제가 생각한다는 말이죠?

숭산 우주는 언제나 진짜 빈 것이야. 자네는 지금 꿈속에서 살고 있는 거지. 그러니 꿈에서 깨어나도록 하게. 그러면 이해하게 될 것이네.

제자 어떻게 해야 깨어날 수 있는 것이지요?

숭산 내가 말하지 않던가. 아주 쉬운 일이라고?

제자 좀 더 설명해주시겠습니까?

숭산 좋다. 자넨 자네 눈을 볼 수 있는가?

제자 거울로 보면 볼 수 있지요.

숭산 그건 자네 눈이 아니야! 그건 눈의 영상일 뿐이야. 자네 눈은 자네 눈을 볼 수가 없네. 자네가 눈을 보려고 하는 게 이미 잘못이야. 자네가 자네 마음을 이해하려는 것부터가 잘못이란 말이야.

제자 하지만 선사님도 사미승 때 실제로 깨달음을 체험하지 않으셨습니까? 그 체험은 무엇이었습니까?

숭산 자, 우리 앞에 꿀과 설탕과 바나나가 있다고 치자. 이것들은 모두 달지. 자네는 꿀의 단맛과 설탕의 단맛 그리고 바나나의 단맛이 어떻게 다른지 설명할 수 있겠나?

제자 흐~음, 모르겠습니다.

숭산 단맛은 조금씩 다 다르지. 그렇지? 그걸 어떻게 설명하겠나?

제자 모르겠습니다.

숭산 그러나 자넨 이렇게 말할 수는 있겠지. "입을 벌리십시오. 이건 꿀이고, 이건 설탕이고, 요건 바나나입니다" 하고. 마찬가지로 자네의 진정한 자아를 이해하려면 자네는 내가 꼬집어주는 말의 뜻을 이해해야 하네. 나는 이미 자네 마음에 깨달음을 집어넣었네.

제자 선사님께서는 앞에서 '맑은 마음'이라 하셨는데 그게 무엇입니까?

숭산 우리는 마음을 세 가지로 나누어서 말할 수 있네. 첫째는 집착하는 마음인데 마음을 잃는 것이라고도 부르네. 두 번째는 한마음 一心을 간직하는 것이고, 세 번째는 맑은 마음이지. 예를 들면 자네가 기차 정류장에 서 있을 때 커다란 경적 소리가 들린다면 자네는 깜짝 놀라 정신이 없어지겠지. 또 자네가 사흘 동안 굶었는데 누군가가 먹을 것을 갖다준다면 아무 생각도 없이 허겁지겁 먹어치우겠지. 먹는 것만이 있게 되겠지. 또 자네가 성행위를 한다면 좋은 기분이 들어 상대방에게 푹 빠지겠지. 이것은 자네의 마음을 잃는 것이지만, 성행위를 멈추었을 때 자네의 작고 이기적인 마음은 이전보다 더욱 강해진단 말이네. 이것들이 집착하는 행위들이라네. 그것들은 욕망에서 생겨 고통으로 끝난다네.

제자 '한마음'을 간직한다는 것은 무엇입니까?

숭산 누가 진언眞言, mantra을 암송할 때는 진언만이 있게 되는 것이지.

제자 그러면 '맑은 마음'이란 무엇입니까?

숭산 '맑은 마음'은 마치 거울과 같은 것이지. 빨간색을 비추면 거울은 빨개지고, 흰색을 비추면 흰색이 되지. 모든 사람이 슬퍼하면 나도 슬퍼지고, 모든 사람이 행복하면 나 역시 행복하게 되지. 만약 자네가 그 무엇에도 집착하지 않으며, 모든 사람을 돕겠다는 생각 외에 다른 욕망을 가지지 않는다면 그것이 바로 맑은 마음인 것이야. 그래서 욕망에 빼앗긴 마음은 작은 마음이고, 큰 마음은 무한한 시간과 무한한 공간인 것이야.

제자 제겐 아직도 분명하지 않군요. 또 다른 예를 들어 주시겠습니까?

숭산 그러지. 한 남자와 여자가 성교를 하고 있다고 하자. 그들이 마음
을 잃고 아주아주 행복해 하고 있을 바로 그때 총을 든 강도가 침입
하여 "돈을 내놔"라고 했다면, 저들의 행복감은 싹 가시고 숙연해지
겠지. "살려주십시오. 봐주십시오!" 한다면 이것은 작은 마음인 게
야. 그런 마음은 항상 변하며 외부 상황이 바뀌는 데 따라 변하지.
그러나 진언을 외우던 자의 마음은 조금도 동요되지 않지. 거기에
는 안도 밖도 없고 오직 비어 있을 따름이야. 강도가 나타나 "돈을
내놔라" 해도 그 사람은 두려워하지 않는다고. 오직 "옴마니 반메
훔"만이 있을 뿐이지. "돈을 내놔라, 그렇지 않으면 죽여버릴 테
다"고 하나 그는 거들떠보지도 않는다네. 이미 거기에는 생과 사도
없기 때문에 그는 조금도 두려워하지 않는 것이지.
맑은 마음을 가진 사람은 항상 연민의 정이 넘치는 큰 거울 같은
마음을 지니고 있지. 강도가 나타나 "돈 내놔!" 하고 말하지만 이
사람은 "얼마나 필요하오"라고 말하지. "있는 대로 몽땅 다 내놔!"
하면, "그러지요" 하고 말하며 그가 가진 돈을 몽땅 내어준다네. 그
는 두려워하지는 않지만 마음은 몹시 슬프다네. 그러고는 "어쩌자
고 이러한 일을 하나, 지금은 괜찮을지 몰라도 앞으로 많은 고통을

가져오게 될 터인데" 하고 염려해주지. 강도는 그를 쳐다보며 그가 두려워하지 않는다는 것과 그의 얼굴에 어머니와 같은 연민의 정이 흐름을 알지. 그래서 오히려 강도가 당황하게 되지. 그리고 앞으로 언젠가 그를 기억하고 그의 말을 경청하게 되지.

'맑은 마음'이란, 절대적인 사랑의 마음인 게야. 그것은 완전한 자유인 셈이지. 자네가 만약 이기적인 욕망을 가지고 있다면 자네의 사랑은 진짜 사랑이 아니야. 그런 사랑은 조건에 따라 달라지는 것이기 때문에 상황이 변하면 자네는 고통을 느끼게 될 걸세. 자네가 한 여인을 사랑하고 그녀도 자네를 사랑했다고 하자. 자네가 여행에서 돌아왔는데 그녀에게 다른 애인이 생겼다고 하면 자네의 사랑은 분노와 증오로 변하지 않겠나? 그러므로 작은 사랑은 언제나 눈물의 씨앗을 가지고 있는 법일세. 큰 사랑에는 고통이 따르지 않는데 이는 그것이 기쁨과 고통을 초월하는 유일한 사랑이기 때문일세.

제자 선사님은 선사님의 자유를 가지고 무엇을 하십니까?

숭산 배고프면 밥 먹고, 피곤하면 잠자지!

제자 초심자에게 어떠한 종류의 수행법을 권하시려는지요? 제가 알기로 미국에 있는 선사님의 선 센터에서 선사님의 제자들은 날마다 몇 시간씩 좌선坐禪을 한다던데요. 그럴 필요가 있는 것인지요?

숭산 명상을 한다는 건 중요하지. 그러나 가장 중요한 것은 매 순간

마다 어떻게 자네의 마음을 지키느냐 하는 데 있는 게야. 몸뚱어리
만 앉아 있는 것이라면 필요치가 않아. 그것은 외적인 형식일 뿐이
야. 정작 필요한 것은 마음이 자리를 정하여 앉는 것이라네. 진짜
로 앉는다는 것은 일체의 생각을 끊고 움직이지 않는 마음을 유지
하는 것을 의미하지. 진짜 선은 마음이 맑아지는 것을 의미하네.
내가 자네에게 "자네는 무엇이냐"고 물었을 때 자네는 알지를 못했
지. 모른다는 것만이 있었지. 자네가 자동차를 운전하며 이같이 모
른다는 마음을 간직한다면 이것이 자동차 운전자의 선인 게야. 자
네가 테니스를 하며 이러한 마음을 지니게 된다면 이것은 테니스
의 선이고, 자네가 텔레비전을 보면서 이러한 마음을 지닌다면 이
것은 텔레비전 선인 게야. 자네는 언제 어디서나 모른다는 마음을
간직해야 하네. 이것이 진짜 선을 실행하는 것이지. 위대한 도는
어려운 게 아니야. 구별하는 데 너무 집착하지 말게. 자네가 만약
자네가 좋아하는 것이나 싫어하는 것을 초월할 수 있다면 모든 것
이 아주 완전하게 밝아질 것이야.

제자 스승을 모신다는 것은 중요합니까?

숭산 중요하고말고. 많은 사람이 자기 멋대로 수련하고 나서 이해하
    였노라 생각하고 자기가 큰 깨달음大覺을 얻은 보살이라고 생각하는
    모양인데, 그건 자기 혼자만의 생각일 뿐이며 아무것도 아닌 것이

야. 그러므로 위대한 선사를 찾아뵙고 인가를 받아야 할 필요가 있는 것이야. 그렇지 않으면 소경이 소경을 인도하는 꼴이 되어 모두 개골창에 빠지게 되고 말지.

선종禪宗에는 많은 공안公案이 있지. 공안은 시험과 같은 것이고, 낚싯바늘 같은 것이기도 하지. 만일 자네의 마음이 맑지 않으면 미끼 달린 바늘이 자네 마음의 연못에 던져져 자네의 온갖 상념을 끄집어내게 될 것이야. 그럼 자네는 낚시 바늘에 닿자마자 잡히고 말지. 그러나 자네가 진짜로 깨달았다면 자네 마음속에 700개의 낚싯바늘을 던진다 하더라도 아무런 지장을 받지 않을 걸세. 맑은 물에 낚싯바늘을 던질지라도 걸려 나오는 것이란 맑은 물밖에 더 되겠나? 걸려드는 물고기는 하나도 없을 거야.

제자 그러나 선사를 찾지 못할 경우에는 어떻게 하면 좋습니까?

숭산 그때에는 언제든지 내게 편지를 보낼 수 있지 않은가?

제자 저들의 마음을 시험해볼 그러한 공안들이 있습니까?

숭산 우리 선파에는 그들에게 시험해볼 공안들 가운데 두 가지가 있지.

첫 번째, 불타는 만물에는 불성佛性이 있다고 하셨지. 그런데 어떤 이가 조주趙州 선사께 '개도 불성을 가지고 있느냐'고 물었더니 선사는 아니라고 하셨지. 여기에 대해 나는 다음과 같은 세 가지 것을 묻는다네.

   1. 불타는 '그렇다' 했고 조주는 '아니다'라고 했는데 어느 게 맞는가?

   2. 조주는 '아니다'라고 했는데 이것은 무엇을 의미하는가?

   3. 내가 묻노니, 개도 불성을 갖고 있는가?

두 번째, 한 선승이 조주에게 "저는 지금 막 선사님의 사원에 도착했습니다. 제게 가르침을 주십시오" 하며 말했지. 그러니까 조주께서 "아침밥은 먹었나?" 하고 말씀하셨지. 그 선승이 "네, 먹었습니다" 하자 조주가 "그럼, 네 밥사발이나 닦으렴" 하시더란다. 그 선승은 갑자기 깨달았지. 이 선승이 얻은 게 무엇이냐?

만일 자네가 이와 같은 공안에 답한 것을 이해하려고 들면 자네는 아마 끝내 이해하지 못할 것이네. 그러나 자네가 똑바로 앞을 향해 가며 모른다는 마음을 간직한다면 그 해답은 스스로 드러날 것일세. 그리고 자네의 마음이 맑아지면 어떤 공안이든지 지체 없이 답할 수 있게 될 걸세.

제자 대단히 감사합니다.

숭산 천만에.

PART
2

도판으로 이해하기

감각을 지닌 모든 존재로 하여금 자유를 얻도록 하기 위해 열반의 상태에 들기를 포기했던 보리살타(Bodhi-sattva)는 선(禪)이 속해 있는 대승불교의 이상이다. 그는 종종 자비의 부처로 불린다. 그의 목적은 맹목적이며 무리하지 않는 사랑이기 때문이다. 사트바(Sattva, 존재 또는 본질)는 곧 보리(Bodhi, 菩提), 즉 진리에 대한 직접적인 지각에서 나오는 지혜다. 여기에서 볼 수 있는 '생각에 잠긴' 자세는 관조적인 명상의 자세라고 할 수 있다.

〈미륵보살〉, 미래불 좌상, 7세기, 일본

연꽃은 깨달음에 대한 불가의 상징이다.
왜냐하면 그 뿌리는 진창(인간의 정열) 속에
묻혀 있는 반면, 잎사귀와 꽃은 태양을
향해 청정하게 활짝 피어 있기 때문이다.
〈료안지 선원의 연꽃 잎사귀〉, 일본 교토

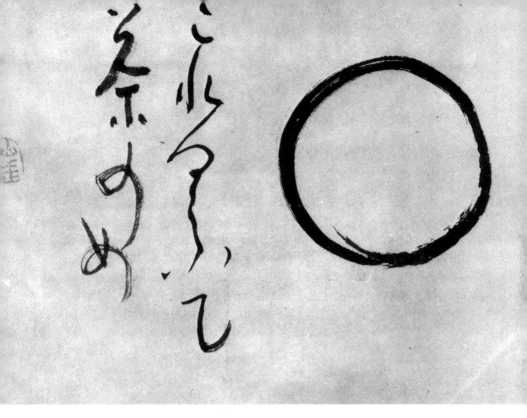

원은 한편으로는 우주의 전체를 표상하며, 다른 한편으로는 궁극적인 공(空)을 표상한다.

〈원〉, 센가이 선사의 묵화, 18세기, 일본

〈수서(水西)에 다시 오름〉

골짜기에 어지러이 들어찬 가을 나무들이 높다란데,

작은 오두막 하나 공허를 향해 솟아 있네.

멈추어 쉬려 하다 다시금 서두르며,

산길을 재촉하나 멈추어 쉬곤 하네.

고독한 감정을 온통 다시 느끼게 됨은

나의 한가로운 생각이 나루터에서 멀리 떠났음이라.

개천과 산은 훌륭한 옛 친구와 같으니

한 번 취하면 십년 후에나 깨어나는 도다.

남쪽의 경치를 본뜸, 도제(道濟, 명말 청초의 승려)의 글과 그림

송나라 시대(서기 960~1279년)는 선(禪) 예술 스타일의 형성기였다. 송나라의 대가들은 산수화를 그리는 데 있어 뛰어났으며 산, 안개, 암석, 나무 그림을 그리는 데 있어 최고봉의 경지에 올랐다. 그들은 자체로서 완전한 세계를 표현했으며, 있는 그대로 그리는 것 말고 다른 동기나 목적을 가지고 있지 않았다.

산속 마을 둘레의 아지랑이가 걷힘, 〈소상팔경(瀟湘八景)〉중 하나, 묵화, 13세기, 중국

일본의 어느 절에서 수도하는 선승, 그는 사물이 아무런
흔적도 남기지 않고 마음속을 스쳐 지나가도록 허락하며
있는 그대로를 명상하고 있다.
다카마사 이나무라의 사진

선의 명상은 세계와 하나가 되는 것을 실현하는 방법이며, 세계로부터 도피하는 방법이 아니므로 선을 닦는 승려의 눈은 아주 감는 법이 없다.

〈다이토쿠지(大德寺) 선방(禪房)에서 선원의 정원을 관조하는 승〉, 일본 교토, 롤로프 베니의 사진

원숭이가 건네주는 복숭아는 성적인 향락을 상징하는데,
현자는 다른 모든 잡념과 마찬가지로 그의 마음속에 떠
올랐다 사라질 이 유혹을 정관(靜觀, 무상한 현상계 속에 있는
불변의 본체적·이념적인 것을 심안에 비추어 바라보는 것)한다.
이 그림은 보리수(지혜) 나무의 잎사귀 위에 그려졌는데
불타는 그 나무 밑에서 깨달음에 도달했다. 한 마리 원숭
이가 현자에게 복숭아를 바치고 있다.

불교 고행자의 화첩에서 발췌, 19세기, 중국

〈산수에 대한 명상〉, 선승의 그림, 12세기, 중국

유명한 선 경구는 이렇게 말하고 있다. "선을 닦기 전에는 산은 산으로, 바다는 바다로 보인다. 보다 깊은 지식에 도달하면 산은 산으로 보이지 않고, 바다도 바다로 보이지 않는다. 그러나 본질의 핵심에 도달하면 편안해진다. 그때에는 산은 다시금 산으로, 바다 역시 다시금 바다로 보이게 된다."

폭포에 서 있는 일본의 선승

右之書行
神王維
藝舊時畫
筆端寫
出軸以

題
申緯步

圖

山幅似淡大
年之本帖
縣沒消齒
未沈凱題

與坡公所云
室濛庵歷烟
而出没時也
朗齋清粉不
減怒先對子
范々我六学
之粉生
悔盦個

澹若
無筆
我學右
人正以
之又弦
筆我
耳
雁園倪瓚
題

意想所結一空
諸相竹其今我
僊々也為

선 예술가 호옥곤(胡玉昆, 명말 청초의 화가)은 형상과 여백을 매우 잘 조화시키고 있다. 이때의 이 여백은 회화의 본질적인 것으로, 단순히 채워지지 않은 배경이 아니다.

산수화, 호옥곤, 17세기경, 중국

선종(禪宗)의 6대조(六代祖)일 뿐 아니라 초기 선사의
한 사람인 혜능이 송나라 때의 벽화에 그려져 있다. 그
는 말했다. "마음의 역량은 공간이 수용할 수 있는 것
만큼이나 크다. 그것은 무한이며, 둥글지도 모나지도,
크지도 작지도, 옳거나 그르지도, 선하지도 악하지도
않다. 우리의 초월적인 본성은 본질적으로 비어 있으
며, 아무것도 취할 수 없다. 절대적 공(空)의 상태인 정
신의 본질 역시 그러하다."

〈혜능〉, 벽화, 10~13세기, 중국

이와 같은 그림은 선 예술의 스타일을 예시하는데, 형상(form)은 마음의 빈 곳에 들어왔다가 사라지는 세상의 물체들과 마찬가지로 공간 속을 부유하는 것처럼 보인다. 사원의 지붕은 산수화의 원래 부분처럼 보이기도 한다.

〈노을이 낀 산수〉, 미불(米芾, 북송의 화가), 10~13세기, 중국 일본의 선승 셋슈(雪舟)는 박력 있고 투박한 서체의 대가였다. 바위와 대나무는 산과 공간을 배경으로 충격적일 정도로 사실성을 띠고 있어 마치 처음 경험하는 것 같아 보인다. 살아 있는 듯한 현존성은 선의 실현을 상징하는 형식들 중 하나다.

하보쿠 스타일의 산수화, 셋슈, 1496년, 일본

불교에 뿌리를 두고 있는 선원(禪院)들은 깨달음
을 얻은 불타의 제자들인 아라한(阿羅漢)들의 표
상을 많이 전시하고 있다.

〈아라한 좌상〉, 13세기, 일본

인간과 자연 사이의 단순한 조화, 이것이
선 예술가들이 집중하고 있는 전형적인 문
제다. 그림에 나타난 인물들은 요지부동인
절벽과 소용돌이치는 물 사이에서 움직이
고 있다.

〈양자강 위의 적벽〉, 이성(李成, 송대의 화가),
10~13세기, 중국

검도(劍道)에서는 두 검객이 행동과 하나되는 것을 명상하며 마주 보고 있다. 도(道)는 길이나 가르치는 방법을 의미한다. 따라서 검도는 검객의 길이다. 명상은 항상 평온이나 육체적 정지 상태를 내포하는 것만은 아니다. 검도에서 명상의 상태는 절대적인 정신 집중과 통제를 의미한다. 변화하는 상황에 대처하기 위해 몸을 아무리 많이 움직인다고 할지라도 마음은 요지부동이다.

정지된 활동은 강렬한 정신 집중이며, 그러는 가운데 인격과 행동 사이
에 일치가 이루어지게 된다. 적극적인 정지는 집중적인 의식이며, 이때
마음은 힘껏 당긴 활시위처럼 팽팽하다. 승려는 검객과 마찬가지로 빈
틈이 없다.

다이토쿠지(大德寺)에 있는 다이센인(大仙院)의 대해원(大海園)을 관조하
는 승려, 일본 교토

좌선(坐禪)이란 앉아서 명상을 하는 것이다. 소토젠(曹洞禪)에서 승려들은 얼굴을 밖으로 향해 담벼락을 응시한다. 린자이젠(臨濟禪)에서는 얼굴을 안으로 향한다. 이러한 앉은 자세를 취하면 몸은 바위처럼 되고, 마음은 끊임없이 변하는 사고의 흐름 밑에서도 요지부동의 상태가 된다.

좌선 중에 있는 승려들

선을 닦는 공동체의 수도원 같은 생활의 한
장면, 원장이 수도승들에게 큰 소리로 편지
를 읽어주고 있다.

도사파(土佐派) 화풍의 그림, 17세기, 일본

小小天地そよぐ
春夏の運川す

'사람(人)'이라는 의미의 한자.

지운의 붓글씨, 18세기, 일본

그림과 글씨를 혼합할 경우 한자(漢子)는 한층 맵시 있어
진다. 먹은 물을 혼합하는 데 따라서 다양한 농담을 나타
낼 수 있으며, 단단한 먹자루 자체만도 수십 가지의 질과
먹색으로 분류된다. 글씨는 대나무 줄기에 끼운 뾰족한
붓으로 쓴다. 먹이 고르게 흐르게 하려면 가볍고 유려하
게 쉬지 않고 써나가야 하며, 그렇게 하려면 손과 팔이 자
유자재로 움직여야 하는데, 자유는 내적인 확신과 이해
의 결과다. 따라서 붓을 움직이는 것만 보아도 대가는 제
자가 얼마나 숙달되어 있는지를 알수 있다.

선사 하쿠인이 붓으로 쓴 산스크리트 어, 18세기, 일본

〈붓타의 제자〉,
18세기, 중국

사무라이(武士)의 유령이 분노하여 내려오고 있는데, 노(能)극과 흡사한 장면이다. 일본의 사무라이들은 생과 사의 긴박한 문제를 다루는 가장 효과적인 종교적 방식으로 선의 원칙들을 채택했다. 가마쿠라(鎌倉) 시대(13세기)는 선(禪)이 무사들의 종교로서 공고히 확립된 시대였다. 그 시기에 일본의 선 정신이 승려직과 군대 속에 심어졌으니 이 두 전문직의 정신적 결합으로 '무사도'가 만들어졌다.

〈허깨비 전사〉, 도사파(土佐派) 화풍의 그림, 17세기, 일본

道逢不怕
挨三十棒

秋作六十枝
关三伯磨生
二次人德橙
一山內送致

這裏涅槃
諸方火葬

144

임제 선사가 한번은 소나무를 심었는데, 그의 스승 황벽이 따라와 그에게 물었다. "그대는 어찌 이렇게 멀리 떨어진 산사에 그다지도 많은 소나무를 심는가?" 임제가 대답했다. "소나무는 절 주위의 경관을 아름답게 해줄 것이고, 우리 다음에 오는 자들에게 이득을 주게 될 것입니다." 그러고는 괭이로 땅을 세 번 쳤다. 황벽이 말했다. "그건 그렇다고 하더라도 너를 내 지팡이로 서른 대쯤 갈겨줘야겠다." 임제는 깊은 한숨을 몰아쉬며 다시 자신의 괭이로 땅을 세 번 쳤다. 황벽이 말했다. "자네를 통해서 우리 종파가 전 세계로 번창해나갈 것이다."

〈선사 도쿠산(왼쪽)〉, 〈임제(중간과 오른쪽)〉, 센가이 선사가 그린 3폭 1조의 그림, 18세기, 일본 보리달마는 반전설적인 인물로, 선종의 제1대조였다. 그는 서기 6세기에 인도에서 중국으로 왔다. 그는 이글거리는 눈매를 지니고 있고, 불법을 가르침에 있어서 타협을 모르는 인물로 표현되었다. 중국에서는 그가 9년간이나 벽을 쳐다보며 고요히 명상을 했다고 전해진다. 그러나 명상 중에 끊임없이 잠이 엄습해 오자 자기 눈꺼풀을 베어 마당에 던져버렸는데, 바로 그 자리에서 싹이 돋아 최초의 차나무가 되었다고 한다. 그리하여 후대의 승려들은 그렇게 극단적인 방법을 쓰지 않고도 잠을 막게 되었다는 것이다.

〈달마〉, 이토 자쿠추, 18세기, 일본

불타의 두 번째 제자는 손가락을 탁 튕겨 꽃병에서 진
주로 장식된 궁전을 만들어냈다. 궁전은 열반을 상징하
며, 전체 그림은 그가 일순에 깨달음에 도달했음을 나
타낸다.

18나한 또는 불타의 제자들에 대한 사본에서 발췌한 이미지,
19세기, 중국

불타의 제자가 바라를 연주하고 있다.

보리수나무 잎사귀에 그린 그림, 19세기, 중국

인도에서 산스크리트 어로 비말라키르티(Vimalakirti)라고 불렸던 유마(維摩)는 유명한 불교의 경전 《비말라키르티 수트라(維摩經)》에 나오는 중요한 인물이다. 그는 불타 시대 부유한 집의 가장이었다. 그는 위대한 박애주의자이자이며, 철학자였고, 경전에 지극히 밝은 명사였다. 그의 이해력은 어찌나 예리했는지, 그가 병에 걸렸을 때 불타가 제자들 중 한 사람을 보내려고 하자, 그 위대한 철인 성자와는 말할 재간이 없다 하면서 아무도 가려 하지 않았다고 한다. 모두가 앞서 그와 토론을 벌였지만 참패를 면하지 못했기 때문이다.

〈유마〉, 오가타 코린(尾形光林, 에도 시대 선 예술가), 17~18세기, 일본

선종의 6대조 혜능이 경전을 찢어발기고 있는 장면이다. 이것은 그가 다른 사람의 말보다는 개인적이며 직접적인 경험을 더욱 중요시하며, 타협할 줄 모르는 성격과 신성한 주체로 간주된 것에 지나치게 존경심을 나타내는 태도를 혐오하고 있음을 보여주고 있다. 그의 후계자 임제 역시 말이라는 것에 대해서 그와 같은 태도를 보이며 "불타가 너의 진리로 향하는 길에 거침이 되거든 그를 죽여버리라"고 말하기까지 했다.

〈혜능〉, 양해(梁楷, 남송의 화가), 1200년경, 중국

어느 선사(禪師)의 빈 뜰, 내면의 공간
이 차츰 밖으로 뻗어나가 결국 밖과 안
이 하나가 된다.

PART
3

주 제 별 로 살 펴 보 기

선사들

붓을 몇 차례 강렬하게 휘두름으로써 선을 생생하게 표현하
고 있다. 형상이 여백과 균형을 이루고 있으며, 붓질의 생략
으로 그림이 그려진다.

〈앉아 있는 현인〉, 보쇼도, 런던 대영 박물관

도겐의 화상은 드물다. 이 초상화는 고요
하고 관조적인 면을 보여준다.
〈도겐 선사의 자화상〉, 13세기, 일본

센가이 선사는 이 흑백 임제(臨濟)의 초상을 '스승
을 친 주먹'이라고 부른다.

〈임제 선사〉, 센가이, 18세기, 일본

온갖 상이한 스타일로 자화상을 그렸던 하쿠인이
이 그림에서는 자신의 손에 호슈(말갈기로 만든 피리
채)를 들고 앉아 있다.
〈하쿠인 선사의 자화상〉, 18세기, 일본 에이세이 분
코 박물관

명상하는 비구니 선승(禪尼) 시도. 그녀의 신발이 의자 아래에 놓여 있다. 시도는 가마쿠라에 도케이지(東慶寺)라는 선사를 세웠다.
〈시도 좌상〉, 14세기, 일본

하쿠인은 자신을 부다이(布袋), 즉 행운의 신처럼 풍자하여 그려놓았는데, 명상을 하면서 자신의 불룩한 배를 부드럽게 떠받치고 있다.
〈하쿠인 선사의 자화상〉, 18세기, 일본 에이세이 분코 박물관

숭산 대사와 그의 제자와의 대화는 이 책에 실을 수
있도록 저자에게 특별히 제공되었다.

〈숭산(崇山) 대사〉

〈선사 스즈키 순류(領木俊隆)〉

가르침

마지막 풀 한 포기, 티끌 하나까지 불성을 얻지 못하면 자신은 결단코 열반에 들지 않고 거듭 세상에 태어나겠노라 서원하는 보살의 이상을 선종에서도 그대로 받아들인다.
〈보살〉, 10세기, 중국, 베를린 국립 미술관

설법하는 자세(무드라)를 취하고 있는 불타.
〈서방 정토의 불타〉, 13세기, 일본, 런던 빅토리아 & 알버트 박물관

참선(參禪): 한 스승이 제자와 사담을 나
누고 있다. 제자는 지난번 대담을 나눈
이후 그가 깨달은 것을 밝힐 것으로 기대
된다. 스승은 중얼중얼하거나 따뜻한 미
소를 짓거나 하며 답할 수도 있고, 제자
에게 그의 공안에 대한 다른 측면을 보여
주는 질문을 건넬 수도 있다.

선원장이 강론 또는 법설을 하고 있다. '높은 자리에 앉는다'는 말은
스승이 자기 자리에 앉음을 뜻하는 잘 알려진 선어(禪語)다.

호레이스 브리스톨 사진

불타가 득도한 후 최초로 설법할 때 그는 법륜이라고 하는 교리를 전했다. 이 동작은 바퀴 또는 교리의 가르침을 상기시키며, 이러한 까닭으로 해서 그것은 설법인(說範印)이다. 엄지손가락과 검지손가락으로 만들어 보이는 원은 불타의 법이 완전하고 영원한 것처럼, 시작도 끝도 없는 완전을 의미한다.

〈불상의 세부도〉, 일본 야쿠시지(藥師寺) 사원

명상

개구리는 선 화가들이 좋아하는 주제였다. 마치
훌륭한 명상가라도 되는 것처럼 개구리는 몇 시간
동안이나 꼼짝하지 않고 있으면서도 주변 생활에
대해 깜깜하지도 않기 때문이다.
〈명상하는 개구리〉, 센가이 선사, 18세기, 일본 도
쿄 이데미쓰 미술관

〈산중에서 명상하는 선승〉, 조닌, 13세
기, 일본 도쿄 고잔지

좌선(坐禪): 소토젠의 선당(禪堂)에서 행하는 명상. 선임이 죽비(게이사쿠)를 들고 있다. 그는 그 죽비로 고개를 꾸벅이는 승려의 어깨를 내려치는데, 졸거나 백일몽을 꾸지 말라는 표시다.

나카다 사진

너비 2.5미터, 높이 1미터의 단 위에서 좌선을 행하고 있는 린자이젠의 승려들. 중앙의 마루는 단을 따라 일렬 종대로 주기적으로 걷는 '경행(經行)'을 하기 위해 사용되는데, 이는 승려들의 마음이 무감각 상태로 떨어지는 것을 막기 위해서다. 좌선은 두 가지 측면을 가지고 있다. 하나는 '지(止, 멈춤)'이고, 또 하나는 '관(觀, 봄)'이다. 앉아서 움직이며 몸을 흔들면 일상적인 마음은 진정케 되고, 그리하여 고요하고 명석한 마음은 사물의 실재를 볼 수 있다. 이것은 모든 것을 있는 그대로 보는 '지(止)'인데 '지'가 있은 다음 이른바 세계에 대한 객관적인 견해가 생긴다. 이것이 '관(觀)'이다.

다카마사 이나무라 사진

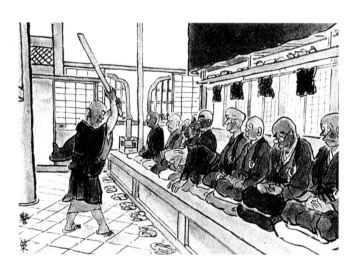

〈명상 중에 있는 승려들〉, 기엔소토의 만화, 20세기, 일본 교토 선 연구 재단

산수

선의 그림에서 '여(如, 내면의 실재)'의 원리는 이 평온한 그림에 잘 나타나 있다. 여는 형상을 초월하지만 모든 원자 속에 내재한다. 모든 화가는 자신을 자기가 그리는 여(또는 진면목, 眞如)와 일치시켜야 한다. 그로써 그림의 주제인 '여'를 나타내야 한다. 이렇게 하려면 자신의 이기적인 자아를 희생시켜야 할 것인즉, 여에 대한 지각은 '나 ─ 나의 ─ 나에게'가 제거될 때만이 생길 수 있다. 주제의 여를 직관적으로 포착하지 못한 그림은 제아무리 외부의 형태와 색깔을 세밀하게 또는 성실히 반영했다고 할지라도 진정한 예술의 가치가 있다고 여겨지지 않는다.

〈달밤의 뱃놀이〉, 마원(馬遠), 13세기, 중국, 런던 대영 박물관

나무와 산, 사람 그리고 여백이 일
체를 이룬다.
〈인물이 있는 산수화〉, 휘종(徽宗)
황제, 12세기, 중국, 교토 곤치인

마원(馬遠)의 〈달밤의 뱃놀이〉와는 달리, 일본의 선 화가가 그린 이 그림은 파도가 출렁
이고 들쑥날쑥한 나뭇가지를 뒤흔들어대는 바람을 안은 폭풍의 여를 전해준다.
〈폭풍이 이는 날씨의 산수와 배〉, 슈케이 셋슌, 16세기, 부네이 노무라 개인 소장

〈호리병 박으로 메기를 잡음〉, 조세쯔(유명한 선 화가), 15세기, 일본 교토 다이조인 묘신지

동산(洞山)은 9세기 중국의 대가였다. 하루는 그
가 냇물을 건너다 물에 비친 자신을 보게 되었다.
그는 바로 다음과 같은 시 한 수를 지었다.

다른 자들에게서 진리를 찾지 말지라.
그는 점점 더 그대에게서 멀어질 뿐이니.
이제 홀로 나는 가노라.
내가 어디를 둘러볼지라도 그와 만나게 되리니,
그는 어느 누구도 아닌 바로 나이니라.
허나 아직도 나는 그가 아니니 이것이 이해될 때,
나는 타타타(Tathata, 如如, 진면목)와 마주 대하게 되리라.
〈개울을 건너는 동산〉, 마원, 13세기, 중국, 도쿄 국립 박물관

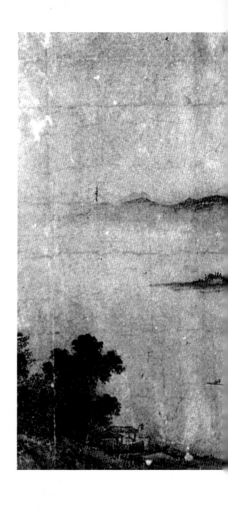

하늘, 산, 나무, 사원에 내재된 리듬은 산수화의
여를 나타낸다. 중국의 시인 왕유가 말했다. "비
가 내린 직후 허허로운 산중에 저녁 바람이 부니
이제 가을인가 보다."

〈산과 계곡의 맑은 가을 하늘〉, 곽희(郭熙), 11세기,
중국, 워싱턴 D.C. 스미스소니언 미술관

유명한 선 화가 쿤찬이 말했다. "그림의 가장 순수한 본질을 말할진대, 폭넓게 독서를 하고 역사를 공부하며, 산에 오르고, 강의 원류를 거슬러 올라본 다음에라야 자신의 생각을 만들어낼 수 있다.

〈계곡의 맑은 날씨〉, 동원(董源), 11~13세기, 중국, 보스턴 파인아트 미술관

거대한 공간인 안개 위에 떠 있는 예리한 산봉우리가 유난히 강조되어 있다. 그러나 앞마당에 가득한 나무 잎사귀 하나하나도 또렷하다. 바로 그러한 것이 선(禪)을 이룬다 하겠으니, 무한과 생생함이 하나로 혼합되어 있다.

〈호수 위의 집〉, 슈분(周文), 16세기, 일본, 보스턴 파인아트 미술관

정원

지고한 깨달음의 자세를 취하고 있는 불타의 상이 교토 료안지 선원(禪院)의 정원 나뭇잎과 꽃들 사이에 놓여 있다. 일본의 수도원과 절에서 가장 오래된 정원은 6세기에 한국으로부터 불교가 유입된 직후 만들어졌다. 그 목적은 자연 경관의 아름다움을 '생생하게 포착하려는' 뜻에서였다. 12세기에 선이 대중화되었을 때 그러한 정원의 단순성은 주로 흰 모래, 암석, 이끼 같은 것으로 구성될 정도로 극단적인 경향을 띠게 되어 어느 정도 선을 이해할 수 있는 사람들에 의해서나 감상할 수 있을 정도가 되었다.

선(禪) 정원의 목표는 관상하는 사람에게 외부 현상의 배후에 감추어진 본질의 의미를 생생하게 전해주려는 것이다. 건조한 조경은 가장 사랑 받는 선 스타일로, 이는 공간을 순수하고 상징적인 방식으로 활용했기 때문이다. 정교한 이랑들은 전체 정원과 완전한 조화를 이루고 있는데, 하얀 바닷모래를 대나무 갈퀴로 정성스레 일군 것이다.

돌 하나가 도테키코의 돌 정원에서 파문을 일으키고 있는
데, 잔잔한 물(정신)은 순수하게 실재를 반영하지만 '돌(상념)
하나가 파문을 일으키자마자 실재는 왜곡되고 만다'는 진
리를 나타내고 있다.
〈료젠인 선원의 정원〉, 교토

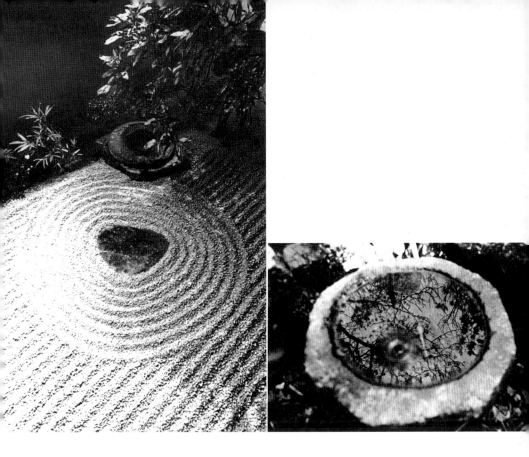

〈흰 모래의 문양〉, 료젠인과 자이코인 선찰(禪刹)의 정원, 교토

선 활동

새벽에 승려들이 히에
이 산(比叡山)에서 등산
을 하고 있다.

항아리에 물을 채우고 있는 선승
호레이스 브리스톨 사진

한 승려가 육중한 타봉으로 수도
원에 있는 거대한 종을 치고 있다.
이 종은 사원의 정신을 반영하고,
특히 마음을 평화롭게 하는 효과
를 지니고 있다고 한다.
〈마쓰시마 선원〉, 호레이스 브리스
톨 사진, 일본

선승들이 정원을 가꾸고 있다.

기엔 소토의 풍자 그림, 20세기, 일본 교토, 선 연구 재단

한 승려가 커다란 목탁을 두들기고 있다. 속은 비어 있으며, 솜뭉치를 댄 막대기로 두드리면 소리가 나는데, 듣는 사람에게 최면 효과를 일으킨다고 한다. 독경을 할 때 목탁 소리를 곁들이면 청중의 마음은 수용적인 태세가 된다고 한다.

승려들이 머리를 밀고 있다.
다카마사 이나무라 사진

시와 붓글씨

한 선승이 먹과 붓으로 나무껍질 위에 짤막한
경전을 쓰고 있다.
호레이스 브리스톨 사진

푸른 얼굴의 번개(金鋼)

하쿠인 선사의 붓글씨, 18세기, 일본, 개인 소장

'하이쿠(排句)'는 선 형식의 시다. 선은 어떤 종류의 계산된 효과나 자기 미화 형식의 이기주의를 미워하기 때문에 하이쿠의 저자는 나타나지 않고 하이쿠만 나타나야 한다. 그래서 교활한 술책이나 배후의 동기와 여지가 있을 수 없다. 그것은 17개의 음절로 이루어져 있고, 그 속에는 인간이 할 수 있는 가장 숭고한 감정이 들어가야 한다. "하이쿠는 일시적인 깨달음의 표현이며, 그속에서 우리는 사물의 생명을 본다."—(R.H 블리트) 불교 용어로 그것은 각 사물의 진면목(眞如)을 표현한다. 바쇼(17세기)는 가장 유명한 선 시인들 중 한 사람이었다. 그는 한 마리의 개구리가연못 속으로 뛰어들 때 물소리를 들음으로써 깨달음에 도달했다.

아! 연못에
개구리 한 마리가 뛰어들었구나!
이 물소리!

〈바쇼파의 하이쿠 시인들〉, 부손, 1828년, 일본1828년, 런던 대영 박물관

원숭이를 그린 이 그림에 하쿠인이
시를 붙였는데 다음과 같이 쓰여 있다.

원숭이가 물 속의 달에 가까이 가고 있네.
죽음이 그를 엄습할 때까지 포기하지 않을 것이네.
그가 가지를 놓아 깊은 웅덩이 속으로 사라지면
온 누리는 순수함으로 밝게 빛나리.
〈원숭이〉, 하쿠인 선사, 18세기,
일본 에이세이 분코 박물관

유머

기원후 4세기의 저명한 불교 학도가 루산(盧山)으로 들어가 30년간 운둔 생활을 했다. 그는 방문자와 작별할 때 '후(虎)'라 불리는 여울 너머까지 배웅하는 법이 없었다. 하루는 위대한 시인과 도가의 한 사람이 그를 방문했다. 그들은 어찌나 대화에 몰두했는지 그 은자마저 다리가 있다는 걸 깜빡 잊고 그곳을 지나쳐버렸다. 그러자 갑자기 한 마리의 호랑이가 큰 소리로 으르렁거렸다. 그들은 서로를 바라보며 헤어지기 전에 한바탕 소리 내어 웃었다. 나중에 그곳에 정자가 하나 세워졌는데, 미소를 짓던 그들 세 사람에게 바쳐진 것이다.

〈나한교 위에서 웃으며 서 있는 삼인의 현자〉, 소가 쇼하쿠, 보스턴 파인아트 미술관

192

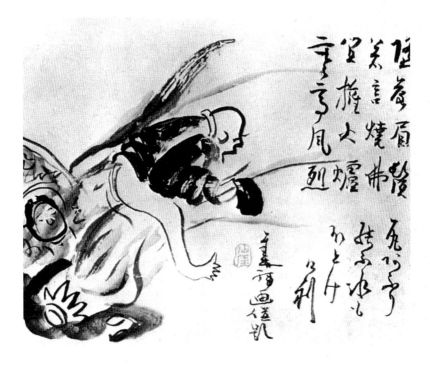

이야기인즉, 13세기 방랑 선승이 어느 추운 겨울밤 폐허가 된 낡은 절에 당도했다. 바람은 살을 에는 듯하고 눈발이 날리고 있었다. 지금 부처님이 내게 베푸실 수 있는 최대의 서비스는 훈훈함을 주시는 거라고 결론을 내린 그는 사원의 목제 불상으로 군불을 피웠다.

〈불상을 때는 선승〉, 센가이 선사, 18세기, 일본 도쿄 이데미쓰 갤러리

당나라 때 괴짜 승려인 한산(寒山)과 습득
(拾得)은 술친구였다. 선 예술가들은 특히
저들을 단순하고 활달한 모습으로 그리기
를 좋아한다.

〈한산과 습득〉, 슈분, 15세기, 일본 도쿄 국
립 박물관

한산은 당나라 때의 재미있는 괴짜 승려로 유명한
선 시인이기도 하다. 붓을 몇 차례 휘두르거나 흰 바
탕에 먹을 가볍게 대어 그린 흑백색 묵화는 선화의
특수한 방식을 나타내는데, '붓을 아끼고, 먹을 절약
하는' 기법이라 알려져 있다. 만물의 자연 그대로의
진면목을 나타내기 위해 화가는 불필요한 모든 수고
를 덜고, 가능한 한 몇 차례의 붓만 대고 먹을 적게
사용한다.

〈한산〉, 14세기, 일본 쇼지 하토리 소장

선 예술의 특징은 현인들의 초
상을 별로 위엄을 갖추지 않은
모습으로 그리는 것이라 하겠
다. 왜냐하면 지나치게 존경을
나타내는 것 역시 진실을 보지
못하게 하는 거추장스러운 요
소가 될 수 있기 때문이다.
〈귀를 후비는 아라한〉, 지장(智藏,
남북조 시대의 승려), 5~6세기경,
중국, 런던 대영 박물관

그림에서 화가는 제6조가 장작을 패는 부엌데기 소년이었음을 상기시켜준다.

〈대나무를 커는 혜능〉, 양혜(梁楷), 13세기, 중국, 도쿄 고립 박물관

겐조는 통찰력이 많은 선 신도였다. 그는 여느 사람들과 마찬가지로 강에서 물고기를 잡아 생계를 꾸렸
는데, 집도 없는 빈털터리여서 주로 마을 사람들이 신에게 바친 지전이 깔린 사당에서 밤을 지내곤 했
다. 선사 칭이 우연히 그에 대한 이야기를 듣고 겐조의 이해력이 어느 정도인지 시험해보고자 지전을
덮어쓰고 숨어 있었다. 한밤중에 그가 돌아오자 그는 늙은 어부 앞에 화다닥 모습을 드러냈다. 그러고
는 다짜고짜로 물었다. "어찌하여 제1대조(달마)가 이 나라에 오셨는감?" 겐조는 지체 않고 대답했다.
"부처님 앞에 술잔이 놓여 있기 때문이외다." 한참 후 선사가 "부처님 앞에 술잔이 놓여 있기 때문이 아
니었다면?"이라고 물었다. 그러자 이렇게 대답했다. "그럼 그는 유령이었을 것이외다."

〈참새우를 잡는 겐조〉, 14세기, 일본 도쿄 국립 박물관

이 족자에서 도바 소죠(鳥羽僧正, 에도 시대의 승려)는 소풍을 가서 흥청망청하는 동물들을 관찰하여 재치 있게 묘사하고 있다. 이러한 족자들은 인간의 행태, 특별히 상류 계층 사람들의 행태에 대한 풍자라고 여겨지고 있다.

〈동물 족자의 부분도〉, 도바 소죠, 12세기, 일본 교토 고잔지

부다이(布袋), 즉 어깨에 괴나리봇짐을 매단 막대기를 둘러멘 배불뚝이 행운의 신이 온 나라를 춤추며 돌아다닌다. 부다이는 선 예술가들이 가장 좋아하는 주제였는데, 이는 그가 인간이 태어나기에 앞서 신들이 지냈다고 하는 행복한 생활 방식을 자연스럽게 나타내기 때문이라고 한다.

〈춤추는 부다이〉, 양해, 13세기, 중국, 개인 소장

한 대가가 호랑이에 몸을 기대고 있다. 호랑이는 가끔 준엄한
스승을 상징한다. 호랑이와 스승이 순간적으로 잠이 들었다.
〈명상하는 선승〉, 시코, 10세기, 중국, 도쿄 국립 박물관

한 선승을 그린 이 초상화에서 배와 웅크린 장방형의 자세가 과장되고 해학적으로
강조되어 있는데, 이는 훌륭한 선 관습을 몸에 익혔음을 반영한다.
〈승려의 초상화〉, 양해, 13세기, 중국, 타이완 타이베이 민족궁 박물관

'달마'라는 주제의 강렬한 통일성을 재치 있으면서
도 공감이 가도록 힘찬 붓놀림을 보여주고 있다.
〈달마〉, 쇼카다, 17세기, 일본, R. G. 소이어스 소장

무예(武藝)

모든 무예는 자기 자신과의 생사를 건 투쟁이다. 무술은 자기 방어를 위해 사용될 수도 있지만, 진짜 목적은 자기 인식을 통해 깨달음에 도달하는 것이다. 궁술의 방법에서 배우는 자는 마음의 내적인 균형을 익히고 외적으로 육체를 완전히 지배하여 모든 움직임이 잡념의 개입에 의하지 않고 일어나게 하는 것이다.

의식적인 목표를 설정한다는 것은 이 원칙을 부정하는 것이다. 일체 이기적인 의식의 부재를 의미하는 '무심(無心)'의 상태에서 궁술을 행할 때 궁사는 모든 부자유스러움에서 벗어나 활에 화살을 걸고 시위를 당겨 눈을 과녁에 맞추고 조준이 바로 됐을 때 화살을 쏠 수 있는 것이다. 거기에는 선(禪)이나 악의 감정도, 성취한 실패의 감정도 없다. 이것이 바로 '무심'에서 생긴 '일상의 마음'이며, 생과 사에 대한 아무런 잡념도 없이 이 상태에 머물러 있고자 하는 모든 선 무술의 본질이다.

선 궁술은 활을 쏘기 전과 이후 모두 부동의 마음을 표현한다. 3세기 중국의 현인 장자(莊子)는 이러한 이야기를 전하고 있다.

어느 궁사가 선사에게 그의 궁술 솜씨를 보여주었다. 그는 활을 당길 때 팔꿈치 위에 물컵을 하나 올려놓고 화살을 날렸다. 첫 번째 살이 날아가고, 두 번째 살이 시위에 걸리고, 이어 세 번째 살이 뒤를 쫓았는데도 그는 내내 동상처럼 움직이지 않고 서 있었다. 이에 선사가 말했다. "자네 솜씨가 아주 훌륭하구먼. 그러나 쏘지 않는 것처럼 쏘는 것이란 그런 게 아니라네. 자 높은 산에 올라가 천 길이나 되는 낭떠러지 끝에 있는 바위에 서서 활 쏘는 솜씨를 보여주는 게 어떨까?" 그들은 높은 산에 올라가 낭떠러지 끝에 가서 섰다. 천 길 낭떠러지를 뒤로하고 선사는 뒷걸음으로 절벽으로 다가갔다. 그의 발이 절벽 끝에 가까스로 걸려 있었다. 그런 다음 궁사에게 앞으로 나와 같이 서보자고 했다. 그러나 그는 식은땀을 흘리며 무릎을 바닥에 대고 엉금엉금 기더니 주저앉고 말았다. 그러자 선사가 말했다. "완벽한 사람은 위의 푸른 하늘을 응시하고 아래의 황천으로 곤두박질치고 세상 팔방으로 다닌다고 할지라도 그의 정신과 존재는 아무런 동요도 보이지 않을 것이네. 그러나 자네는 겁에 질려 움츠러들고 눈앞이 캄캄해지는 걸 느끼지 않는가? 그러고서 목표물을 겨냥한다면 어떻게 맞출 수 있겠는가?"

상해를 입거나 죽게 될지도 모른다는 염려가 검객에게 닥칠 때 그의 마음은 비애착에의 유연성을 잃는다. 그는 생과 사에 대한 생각을 초월해야 하며, 그래야만 그의 마음은 물과 같이 제 갈 길을 갈 수 있으며, 칼을 잡더라도 쥐지 않은 것처럼 잡을 수 있다.

가라테를 배우는 사람은 상대방 몸의 급소를 공격하기 위해 자기 몸의 가장 효과적인 부분(손이 가장 많이 사용된다)을 사용하는 데 전념해야 한다. 그의 동작은 그가 어느 파에 속해 있느냐에 따라 회전식 공격을 할 수도 있고, 직선적으로 공격할 수도 있다.

일본의 꽃꽂이 예술인 이케바나(生花)는 일찍이 14세기에 선(禪)의 활동이 되었다. 그것의 기초는 천지인(天地人) 간의 관계다. 이 모두가 마음의 상태로 생각되었다. 이로써 모든 꽃꽂이는 '하늘'을 나타내는 중심의 큰 줄기가 있고, 다음에 '사람'을 나타내는 중간 길이의 줄기가 있으며, '땅'을 나타내는 짧은 줄기가 있다.

인간은 하늘과 땅 사이에 있으나 이 형식이 항상 분명하게 분간되는 것은 아니다. 왼쪽 아래 코너에 있는 그림에서 '하늘'의 잎사귀는 오른쪽으로 솟아올라 있는 것이 보이고, '인간'인 연꽃은 그다음으로 솟아 있고, '땅'의 잎사귀는 아래로 향하고 있다. 그러나 오른쪽 아래의 코너에 있는 그림에서 '하늘'의 가지는 아래로 향해 땅에 가깝고 '사람'의 잎사귀는 똑바로 뻗어 있으며, '땅'의 꽃은 그 옆에서 위로 향하고 있다.

〈초기 대가들의 꽃꽂이 작품의 스케치〉, 호소카와 다다오카 3세의 《산사이코 몬조》에서 발췌, 16~17세기, 일본, 도쿄 미세이 시게모리 소장

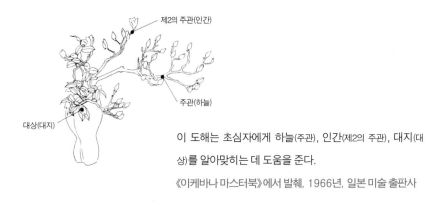

제2의 주관(인간)

주관(하늘)

대상(대지)

이 도해는 초심자에게 하늘(주관), 인간(제2의 주관), 대지(대상)를 알아맞히는 데 도움을 준다.

《이케바나 마스터북》에서 발췌, 1966년, 일본 미술 출판사

한 선교의 비구니(禪尼)가 가지를 고르고 있다.

나카다 사진

이 창포 꽃꽂이에서는 하늘의 잎사귀가
사람의 꽃 위로 올라와 있는 반면, 대지
의 잎사귀는 땅을 향해 꼬부라져 내려
와 있다.

〈창포 꽃꽂이〉, 소운사이 치쿠호의 《소카
마라고로모》에서 발췌, 1831년, 일본
교토 이케노보 전문대학

214

선에서는 단순한 것과 불필요한 모든 것을 제거하는 것을 존중하며 그렇게 해서 직관을 통해 실재를 파악하는 데 아무것도 방해되는 것이 없도록 한다. 차를 만들고 대접하는 데 있어 인위적인 모든 것은 벗겨버린다. 따라서 차 대접은 선원(禪院)을 방문한 사람에게 선을 소개하는 방법으로 자주 이용된다. 의식의 분위기는 온유하고 밝고 조화를 이루는 데, 찻잔은 모두 손으로 만들어진 것이며, 방 안에는 부드럽고 안락한 빛이 새어 들어온다. 타들어가는 향 또한 은은하게 방 전체에 퍼진다. 주전자의 물 끓는 소리가 평화롭게 들려 온갖 서두르는 감정이 사라지게 된다.

접대원이 다례를 행하기 전에 막대 달린 컵으로 물을 푸고 있다. 교토 다이토쿠지 선원 다실

일본의 노(能)극은 선에 뿌리를 두었다. 그것은 대체로 침묵에 기초하고 있다. 이야기는 말로 전해지는 것이 아니라 암시된다. 이는 배우의 연기력을 통해서만 달성된다. 그러나 주인공의 얼굴은 가면을 쓰고 있고 배우들의 행동 또한 경제적으로 표현하기 때문에 '노'를 '얼어붙은 춤'이라 부른다. 이러한 '침묵'의 또는 '내면'의 움직임은 매 순간 사소한 것일지라도 의미를 전해준다. 실제로 아주 미세한 해석의 차이로도 서로 다른 연기파가 생긴다. 그러나 경직성은 볼 수 없다. 서양의 청중들에게까지 '노'는 슬픔과 기쁨, 어리둥절함과 갖가지 정서를 자아내는 강렬한 순간을 전달하며, 때때로 '흐유' 하는 외마디 소리가 관중석에서 튀어나올 때도 있다.

〈노극의 마스크〉, 19세기, 일본, 런던 대영 박물관

십우도

소는 아마 중국에서 가장 흔한 가축의 하나일 것이며, 또 가장 쓸모가 많은 동물임에 틀림없다. 소를 치는 것이 선(禪)의 생활을 나타낸다는 것을 보여주는 그림들은 송나라 때 임제(臨濟)의 문하생에 의해 처음 그려졌으니 그것의 기원은 일찍이 선 사상으로 거슬러 올라갈 수 있다.

첫 번째 그림에서 소치는 소년은 잃어버린 소(들뜬 기분으로 헤매다 잃어버린 자신의 정신적인 생활, 정신을 이처럼 실제 동물로 표상하는 것이 중국 선 사상의 전형적 특징이다)를 찾고 있다. 이제 그는 뿌리도 없고, 집도 없다.

두 번째 그림에서 소년은 경전의 도움으로 혼돈 중에서도 소를 찾기 시작한다.

세 번째 그림에서 소년의 본성은 소리를 통해 열린다. 그는 사물의 근원을 보게 되고 그의 감정은 조화를 이룬 질서에 적응하게 된다. 그는 소를 본다.

네 번째 그림에서 그는 소를 거의 손에 넣지만 외부 세계로부터의 압력 때문에 소를 다루기가 어렵고 목초지로 다시 끌고오기에 애를 먹는다. 소년은 소를 다루기에 힘이 부친다.

다섯 번째 그림에서 소년은 이제 소의 고삐를 붙잡고 있다.

여섯 번째 그림에서 싸움은 끝났고, 그는 소의 잔등이에 올라타고 있다. 그는 이제 가상의 세계에 의해 마음을 빼앗기지 아니하고 얻고 잃음에 더 이상 연연하지 않는다. 그는 더할 나위 없이 즐겁다.

일곱 번째의 그림에서 그는 소를 하나의 상징으로 인식하고 소가 가는 대로 놔둔다. 그는 이제 온전하고 침착하다.

여덟 번째 그림에서 소와 사람은 모두 사라진다. 소년의 마음은 완전

1

2

3

4

5

6

히 맑아지고 성스럽다는 생각마저도 남아 있지 않다.

아홉 번째 그림에서 소년은 부동의 마음에 머무는데, 물은 푸르고 산은 녹음이 짙게 물들어 있음을 알고 있지만 자신을 어떠한 변화와도 동일시하지 않는다. "보라, 냇물이 흐르나 그것이 어디로 흘러갈지 아무도 모른다."

열 번째 마지막 그림에서 소년은 세상으로 돌아와 무엇이든지 온 마음을 다하는 자유인이 되었다. 세상에는 그가 얻을 것이 하나도 없기 때문이다.

〈십우도(十牛圖)〉, 곽암(廓庵)이 정리한 것을 수순이 그림, 15세기, 일본 교토 쇼코쿠치

7

8

9

10

| 참고 문헌 |

Blvth, Reginald Horace, *Haiku*, Vols1, 2, Tokvo 1960; *Zen in English Literature and Oriental Classics,* Tokyo 1942, New York 1960.

Chen-Chi, C., *The Practice of Zen*, London and New York 1960.

Cleary, Thomas and J. C.(trs.), *Blue Cliff Record*, Vols 1-3, Boulder 1977.

Conze, Edward, *Buddhist Scriptures*, Harmondsworth 1959.

Hakuin Zenji, *The Embossed Tea Kettle. Orate game and other works oi Hakuin Zenji*, London 1963.

Hanh, Tchich Nhat, *Zen Keys*, New York 1974.

Herrigel, Eugen, *The Method of Zen*, New York 1974, London 1976; *Zen in the Art of Archery*, New York 1953, London 1972.

Kapleau, Philip, *The Three Pillars of Ze*n, New York 1966.

Leggett, Trevor, *Zen and the Ways*, Boulder 1977, London 1978.

Merton, Thomas, *Zen and the Birds of Appetite*, New York 1968.

Miura, Isshu, and Ruth Fuller Sasaki, *The Zen Koan*, New York 1965.

Reps, Saladin Paul(ed.), *Zen Flesh, Zen Bones. A Collection of Zen and PreZen Writing*, Tokyo and New York 1961, Harmondsworth 1971.

Robinson, G.W.(trs.), *Poems of Wang Wei*, Harmondsworth 1973.

Roshi, Kosho Uchiyama, *Approach to Zen*, Elmsford 1974.

Shibayama, Zenkei, *A Flower Does Not Talk*, Tokyo 1970; *Zen Comments on the Mumonkan*, New York 1975.

Sokei-an, Zen Master, of the First Zen Institute of America Inc., Translator of the sayings of Hui Neng and the Record of Rinzai.

Suzuki, Daisetz Teitaro, *Essays in Zen Buddhism*, Series 1-3, London and New York 1949-53, *In the Complete Works of D.T. Suzuki*, London 1970; *Zen and Japanese Culture,* Princeton 1970.

Suzuki, Shunryn, *Zen Mind, Beginner's Mind*, New York 1970.

Watts, Alan, *The Spirit of Zen. A Way of Life, Work and Art in the Far East*, London 1959, New York 1960; *The Way of Zen,* New York 1957, Harmondsworth 1962.

Yokoi, Yuho and Daizen Victoria, *Zen Master Dogen. An Introduction with Selected Writings,* New York 1976.

선
ZEN
이란

앤 밴크로프트 지음 | 박규태 옮김

발 행 일   초판 1쇄 2013년 7월 31일
          초판 2쇄 2013년 8월 9일
발 행 처   평단문화사
발 행 인   최석두

등록번호   제1-765호 / 등록일 1988년 7월 6일
주   소   서울시 마포구 서교동 480-9 에이스빌딩 3층
전화번호   (02)325-8144(代) FAX (02)325-8143
이 메 일   pyongdan@hanmail.net

I S B N   978-89-7343-383-4 03840

▪ 잘못된 책은 바꾸어 드립니다.

이 도서의 국립중앙도서관 출판시도서목록(CIP)은 서지정보유통지원시스템 홈페이지(http://seoji.nl.go.kr)와
국가자료공동목록시스템(http://www.nl.go.kr/kolisnet)에서 이용하실 수 있습니다.
(CIP제어번호: CIP2013011168)

저희는 매출액의 2%를 불우이웃 돕기에 사용하고 있습니다.